Juliette Adam

Tout va me manquer

roman

Fayard

Couverture : Hokus Pokus

ISBN : 978-2-213-71744-9

« Tu dois vivre si bien que la mort tremble
à l'idée de venir te prendre »

La Maison Tellier

« Où la vie se contemple
tout est submergé »

Paul Éluard

« Oh, comme j'ai tenté
de me transformer tant et si bien
en oiseau de printemps mal déguisé
pour mieux te sauver.
Pour mieux me sauver »

Dionysos

Prologue

Une brume hivernale recouvrait les toits de la résidence Nénuphar. En contemplant ce spectacle, Étienne pensa à son grand-père, à ce qu'il aurait pu dire s'il avait été là, à côté de lui, à respirer l'air chargé d'odeurs de churros et de barbe à papa. Il pouvait presque se figurer son souffle formant un nuage de buée dans le ciel incertain. Ses lunettes sales qu'il ne voulait jamais laver. Son grain de beauté sous l'œil. Il espérait qu'il ne se sentait pas trop seul, dans son appartement vide, assis dans son canapé taché de café, d'encre et de chocolat praliné. Fixant le cèdre maladif sur lequel donnait la fenêtre entrouverte. Et lâchant en un soupir le prénom de sa fille, une main posée mollement sur un recueil d'Aragon, avant de s'endormir, épuisé d'avoir trop vécu. Après tout, c'était bien son grand-père qui l'avait poussé à se rendre à ce stupide carnaval annuel. Il lui avait dit, va, sors d'ici, vis en dehors de moi. Oublie-toi un peu. Ça te fera du bien. Et Étienne avait obéi, en fier gardien des morceaux brisés du

vieil homme. Tant que cela lui faisait plaisir. Il avait alors emprunté en catastrophe un déguisement au *Clown à ses heures perdues* où il ne restait plus qu'un ensemble d'infirmière tout droit sorti d'un vieux porno, un costume de Tinky Winky orange et un Snoopy au regard défoncé. Il opta pour ce dernier. Et il se retrouva là, à se glisser parmi la foule alcoolisée, et ce fut comme s'il disparaissait pour la première fois. Chaperon rouge, Spider-Man, Cléopâtre, Kill Bill, fée Clochette et Chapelier fou, tous se muaient en une masse de cris euphoriques qui pourtant parurent désespérés aux oreilles d'Étienne. Une sorte d'ultime appel à l'aide. Une dernière tentative avant de revenir à la normale, comme si de rien n'était, qu'ils n'avaient jamais eu l'impression de sombrer, ni éprouvé le besoin d'être secourus. Une sorte de SOS honteux et inconscient. Et c'est dans cette ambiance d'hiver chauffée à blanc qu'Étienne entama sa deuxième bière. Il s'attarda un temps sur une bande de gamins couverts de confettis qui jouaient à allumer des pétards et à les jeter sur les passants, le sourire aux lèvres. Ils n'avaient pas vraiment l'air de savoir comment s'y prendre avec leurs allumettes, s'en brûlaient les doigts parfois et c'était cela qui rendait la chose encore plus excitante. Une mère avec son bébé dans les bras finit par leur hurler d'arrêter, c'était bien trop dangereux, ils allaient finir par tuer quelqu'un avec leurs âneries. Mais c'était

sans importance. Qu'elle aille se faire foutre, la vieille. Elle ne les comprenait pas, de toute façon. Personne ne comprenait. Étienne évita de justesse un jet d'urine, porta la main sur son gobelet pour le protéger. Finalement, il prit la décision d'en répandre le contenu sur le bitume, le breuvage rejoignant taches de soda, paillettes et traînées de coke en un joyeux mélange. Il regarda l'heure sur son téléphone, le rangea dans sa poche pour le ressortir immédiatement, se rendant compte qu'il ne l'avait pas vraiment regardée. Le cortège s'engouffrait dans la rue des Aglaés lorsqu'une Mercredi Addams le percuta de plein fouet, le fit basculer sur le pavé et lui administra une gifle comme il n'en avait pas reçu depuis longtemps. Étienne s'immobilisa, incapable d'exécuter le moindre mouvement. Il la laissa se déchaîner sur lui. Nous étions le 23 février et ils se voyaient pour la première fois.

« Putain de bordel de merde, espèce de connard, il avait raison l'autre, t'as bien osé te pointer ici. Tu savais très bien que je serais là, et toi, tu viens, comme si c'était normal. Et avec ce costume en plus. Tu comptais quoi, m'ignorer, comme si ce qu'on avait vécu n'avait aucune valeur ? Tu vas me répondre, putain ! Allez, dis quelque chose, avoue à quel point t'as merdé, raconte à tous comment tu as tout bousillé. Regarde-moi ! Mais tu vas enlever ton stupide masque oui ! Oh. Tu n'es pas Marc.

— Effectivement.
— *Shit.* »

La fille lui tendit la main, le regard tourné vers un stand de glaces à l'italienne où des princesses miniatures tendaient leur billet en échange d'un échantillon de pure innocence. Étienne se releva, le nez légèrement en sang. Quelques hommes s'attroupèrent autour de lui, la mine inquiète, l'air sincèrement troublé, révoltés même pourquoi pas. Soulagés surtout d'avoir enfin quelque chose à raconter à la machine à café qu'ils n'avaient pas vu à la télé.

« Eh, ça va ?

— Oui, oui, ça va, je crois.

— Elle est complètement malade. Faut faire quelque chose. Monsieur, vous pouvez venir, s'il vous plaît !

— Je vous assure que ça va, pas la peine, euh, pas la peine de vous embêter pour moi... Je vous assure... Non, vraiment pas la peine de mêler la police à... À ça... Euh... »

Sans un mot, un agent s'approcha, sa démarche pareille à celle d'un vautour en pleine possession de ses moyens, et toisa froidement la fille qui lui tendait ses poignets, un demi-sourire d'arrogance sur ses lèvres noires. Il lui passa les menottes tandis qu'elle continuait de le dévisager effrontément, ne le lâchant pas, n'essayant même pas de se débattre, ne serait-ce qu'un peu, se contentant de se laisser guider vers l'avenue Bois-Joli et son

poste recouvert de croix gammées. Certains habitants soutenaient que les policiers eux-mêmes avaient tagué ces signes, le samedi soir après une pinte au bistrot chez Ginette près de la gare. D'autres, plus pragmatiques, affirmaient que le groupe de skinheads zonant sur les parkings de supermarchés jusqu'à tard le soir étaient les seuls responsables. Il y en avait même qui disaient que c'était là l'œuvre d'une secte judéo-sataniste qui se cachait dans les égouts du centre-ville et réapparaissait sitôt la nuit tombée. Étienne, lui, ne voulait pas en entendre parler, ce même Étienne qui, non sans les avoir suivis du regard totalement immobile et impuissant un moment, finit par les rejoindre, boitillant légèrement.

« Écoutez, c'est un malentendu... Tu... Euh, vous, vous pouvez la laisser partir ? Je vous promets, je vais bien... »

Le policier s'arrêta brutalement. Il dévisagea Mercredi et un silence de western s'abattit sur la ville. Ils restèrent longuement ainsi, à se scruter comme s'ils étaient les derniers représentants de leur espèce, seuls survivants du naufrage. Pour finir par ne plus tenir, et leur rire s'envola au-dessus des toits enneigés.

« T'inquiète pas, je suis avec elle. Je l'emmène juste à son appart. Tu vois, je t'avais dit que j'avais bien choisi mon costume... Ça me permet de cacher tes conneries... Franchement, qu'est-ce que tu ferais sans moi ? »

Pour toute réponse, elle intensifia son sourire.

« Mec, t'es sûr que ça va ? T'as pas l'air bien...

— Non, non, ça va. Y a pas de problème, je vous assure.

— Arrête de l'embêter. Tu vois bien qu'il n'a rien. J'y suis pas allée fort.

— Mais bien sûr...

— Bon, c'est pas tout, mais faut qu'on y aille. Bye, Snoopy. À la prochaine. »

Et ils s'enfuirent main dans la main.

I

1

« Vous savez, Zoé, on n'est jamais seul. On croit l'être, mais ce n'est pas le cas. Ou plutôt, on refuse de le voir. Il existe toujours des gens comme nous, mais on les étouffe. Parce que, quelque part, on a envie d'être spécial. Unique. De porter un fardeau bien trop lourd pour soi en secret, que nous seul trimbalons. Alors, un choix s'impose. Soit on renonce à cette illusion parce qu'on est à bout, et on se réfugie enfin chez les autres. Ou alors on se bat, et on reste seul. Mais alors, si c'est le choix que vous faites, ce désespoir doit devenir votre force, vous m'entendez ? Vous ne pouvez pas rester repliée sur vous-même et souffrir de votre prétendue différence. Vous avez le choix. À vous de découvrir la meilleure solution. Je suis sûr que vous la trouverez, Zoé. Bien, auditeur suivant…

— Excusez-moi ? Vous pouvez baisser votre radio ? Je ne pense pas que ce soit une émission adaptée à un magasin de jouets…

— Euh, oui, pardon, je change de station… *Le rutabaga, légume oublié de notre quotidien…*

Non… *Si vous aussi vous souffrez du côlon irritable, appelez le 04 24.* Non pas ça non plus… *Sept enfants tués lors d'un attentat en Californie. Le coupable se serait introduit dans l'école vers trois heures de l'après-midi muni d'une tronçonneuse achetée la veille*… Décidément… *I feel it coming I feel it coming babe*… Euh…

— Non ! Laissez, laissez. Ma fille adore cette chanson. Pas vrai, ma chérie ? »

La fillette abandonna sa contemplation du rayon peluches où pandas, dauphins et chats multicolores se pelotonnaient les uns contre les autres comme pour mieux se réchauffer. Elle rendit un sourire à sa mère et se mit à chantonner *Aie can feell zats baudy shakeuhh and the beateuh between youreuh legueuhhh.* Le reste s'évanouit bientôt, écrasé par la complexité du choix qu'elle allait faire. D'une main elle tenait une poupée aux cheveux noirs constellés d'étoiles rassemblés en un chignon parfait et de l'autre une contrefaçon de Barbie à la chevelure blond platine, lunettes de soleil en forme de cœur vissées sur le crâne. Son regard passait de l'une à l'autre comme si elle assistait à un match de tennis particulièrement intense et adressait des signes d'impuissance et de désespoir à sa mère. Étienne quitta la caisse pour s'approcher d'elle, rangeant quelques boîtes de Cluedo au passage, et s'accroupit pour être à sa hauteur.

« C'est dur, pas vrai ? »

Elle acquiesça, passant une main emmitouflée de blanc sur son visage couvert de boutons de varicelle. Elle fit péniblement quelques pas vers Étienne, menaçant de tomber à chaque instant sous le poids des multiples couches de vêtements qu'elle portait. Elle se planta devant lui, leva discrètement la main comme si elle hésitait à saisir la sienne. Et lui demanda s'il allait l'aider, la voix dégoulinante d'attente.

« Oui. Je connais un remède pour les petites filles dans ta situation. Tu vas voir. »

À ces mots, la mère leva les yeux au ciel et se lança dans un discours sans fin, lui assenant que ce n'était pas la peine de faire tant de mystère, sa technique était connue de tous, il suffisait de choisir et de voir si l'enfant ressentait du regret pour l'autre jouet. C'était pas compliqué d'être vendeur. Tout le monde pouvait le faire.

« Mais tout le monde ne peut pas devenir contrôleur de performances comme maman, tu comprends ? C'est pourquoi tu dois bien travailler à l'école. Pas seulement pour les récompenses. Sans vouloir vous vexer, bien entendu. »

Étienne contempla cette mère de famille en imperméable noir qui se tenait devant lui du haut de ses talons aiguilles, cette fierté visible dont elle ornait sa personne, comme elle aurait ajouté quelques fleurs écarlates dans un vase un peu trop criard. Il ne broncha pas lorsqu'elle lui

adressa un sourire étonnamment franc, porteur d'une forme de vérité paradoxale.

« Bon allez, chérie. Tu es grande maintenant. Tu vas me faire le plaisir de choisir toute seule. »

La petite fille resta muette un long moment, se contentant de tripoter les tresses qui pendouillaient de son bonnet hibou, sa mine de porcelaine arborant des airs de mathématicien en plein calcul complexe. Et finit par reposer la poupée Barbie du bout des doigts, l'air honteuse de ses propres goûts, presque dégoûtée à présent. Étienne encaissa la princesse de l'espace sans un mot, ignorant la mère qui la sermonnait déjà sur le temps de jeu qui lui serait imparti durant la semaine à venir. La fillette le remercia une nouvelle fois, lui présenta ses petites dents de coquillages parfaitement lavées, parfaitement alignées, comme tout devait l'être dans sa vie, de sa dizaine d'activités extrascolaires à sa pile de cahiers de vacances. Étienne leur tourna le dos, l'autocollant à l'effigie de la boutique qu'il avait oublié de coller sur le papier cadeau encore à la main. Des familles comme ça, il en connaissait des centaines. Il avait passé sa vie à écouter, feignant l'attention, les théories des parents sur les recettes de la réussite de leurs enfants, peu importait qu'ils ne soient pas vraiment heureux après tout, ils finiraient par comprendre que tout ça, c'était pour leur bien. Un beau jour, ils voleraient de leurs propres ailes, suivraient à la lettre l'avenir que

leurs parents avaient toute leur vie imaginé pour eux, et ils transmettraient à leur tour toutes ces valeurs, les véritables valeurs, familiales, à leurs propres enfants. Et ainsi de suite. On se verrait tous les dimanches pour admirer la réussite de la famille. Sa perfection. Un vrai modèle d'exposition. Tout ça, ça faisait bien marrer Étienne d'habitude. Dans une ville comme la sienne, il y avait ceux qui faisaient tout pour que leur progéniture n'échoue pas là où ils avaient eux-mêmes failli et ceux qui avaient abandonné depuis longtemps, écœurés par le peu de perspectives que leur offrait cette vie, et laissaient pousser leurs enfants comme des herbes folles autour des murs de barbelés d'un centre pénitentiaire. Sa ville qu'on surnommait parfois la « mort fière ». Sa ville où il n'y avait pas grand-chose à faire. Quelques cafés, une librairie, deux parcs, une piscine municipale, des friperies, une salle des fêtes qui accueillait de temps en temps des festivals de rock. Son magasin de jouets. Et des rues pour se recroiser encore et encore. On s'investissait dans les légendes urbaines pour ne pas mourir d'ennui. Un meurtre de bébé perpétué il y a six ans maintenait en vie les commérages. On croyait à l'existence d'une secte. On fantasmait sur les étrangers. Étienne en avait vu, des choses qui l'agaçaient. Il la fermait toujours. Et pourtant, était-ce parce que sa tête hurlait depuis le carnaval, parce qu'il faisait particulièrement glacial ce jour-là, ou tout

simplement parce qu'il pensait à elle, à ce qu'il avait capté de cette ennemie d'un soir, mais toujours est-il qu'Étienne en eut assez. Il puisa toute la force qu'il avait en lui, serrant ses poings de jeune homme de vingt-cinq ans, comme s'il en pouvait extraire de la force, une colère sourde qui lui donnerait l'audace de faire ce qu'il avait toujours rêvé de faire, mais n'avait jamais osé. Pourquoi, il ne le savait pas. Des fils invisibles le retenaient, et il avait depuis longtemps oublié qu'il pouvait les trancher à tout moment. Qu'il en avait le droit. Que cela restait encore une possibilité.

« Je ne crois pas que vous lui rendiez service. Elle vous le fera payer un jour. Ce n'est qu'une question de temps. Elle vous détestera, comptez là-dessus. »

Étienne se retourna pour admirer l'effet de ses mots sur le visage de la mère, se figurant avec euphorie son joli petit minois poudré qui se déformerait aussi facilement que de la pâte à modeler couleur chair, mais elles étaient déjà parties. Déçu, il se rassit sur sa chaise. Se demanda ce qu'il allait bien pouvoir faire maintenant. Il savait qu'il faudrait au moins une bonne demi-heure avant l'arrivée d'un nouveau client. Quinze minutes, s'il avait de la chance. Étienne se pencha sur la radio, augmenta le son pour tuer cette absence de bruit qu'il ne supportait plus. Le silence lui donnait depuis toujours envie de

vomir. Lui faisait croire que tout pouvait disparaître en un instant. Ça le terrifiait. Parfois, il se réveillait en sursaut, frappé par la quiétude qui s'abattait sans prévenir sur la ville, au cœur de la nuit. Il fallait attendre que le trafic reprenne en bas de sa rue pour qu'il puisse se rendormir. Et bien souvent, c'était les ronflements de son grand-père qui le sauvaient.

Étienne se leva brusquement et se mit en tête d'empiler des pots de sable magique en solde, essayant de créer le dégradé de couleurs le plus parfait possible.

« Salut. Tu fais quoi ? »

Il baissa les yeux sur le client qui se tenait devant lui. Il n'avait même pas entendu son petit frère entrer.

« Oh rien de spécial. Mais, on est samedi, qu'est-ce que tu fous là ? T'es pas censé être chez ton père ?

— Si mais on a échangé de semaine.

— Ah, d'accord. Et maman est dans le coin ?

— Non, elle m'a déposé chez papi. C'est lui qui m'envoie. Il veut te parler. Ça a l'air urgent.

— Bon, j'y vais alors. Tu gardes la boutique pendant mon absence ? J'en ai pour dix minutes, pas plus.

— T'inquiète. Je gère. »

Étienne enfila en vitesse son manteau gris informe, avant de l'ôter, se rappelant qu'il n'avait pas besoin de passer par le froid du dehors.

Comme d'habitude, il fit semblant de ne pas remarquer le paquet de figurines surprises que son frère glissa dans sa poche.

« Eh, Étienne ? T'as quoi là ? »

Étienne porta la main à son bleu sur son arcade sourcilière. Son frère sourit, et ce sourire était la source de chaleur qui lui manquait. Car ils savaient tous deux ce que cela signifiait.

« Tu t'es encore pris un poteau ?

— Non… Mais ça aurait pu.

— On t'a rackketté alors. C'est ceux du mois dernier, ceux de mai ou d'autres ?

— Non, là tu refroidis.

— Ah ! Je sais ! Tu t'es pris la porte du bus !

— Toujours pas, tes trois chances sont passées. Tu me dois un Sniker.

— Merde !

— Eh oh, Paco, surveille un peu ton langage…

— Oh pardon. Putain de bordel de merde !

— J'aime mieux ça. Tu veux pas savoir ce qui m'est arrivé ? »

Paco hocha la tête, sa petite bouille de lutin se tournant vers lui avec excitation.

« On m'a pris pour quelqu'un d'autre.

— Ah. C'est nouveau, ça. »

Étienne vérifia une dernière fois qu'il avait bien ses clefs et emprunta l'escalier vert en colimaçon qui menait à l'appartement de son grand-père. L'unique magasin de jouets de la

ville lui appartenait depuis les années 1970 et il y avait travaillé toute sa vie. À sa retraite, Étienne venait de passer son bac L de justesse et ne s'était inscrit dans aucune université. Il savait très bien que les études n'étaient pas faites pour lui. Passer ne serait-ce que deux ans de plus dans un établissement scolaire lui semblait insurmontable. L'angoisse perpétuelle de ne pas être à la hauteur, l'incompréhension de ses professeurs, l'impression de jouer son avenir à chaque devoir, chaque contrôle, chaque heure de cours manquée ne l'avaient déjà que trop traumatisé. Il lui fallait juste un travail, si possible agréable, et son grand-père avait justement besoin de quelqu'un pour faire tourner la boutique. Cela faisait sept ans, et Étienne ne regrettait rien. Sept ans qu'il habitait avec son grand-père. Tout simplement parce qu'il ne se voyait pas vivre seul. Personne en dehors de son cercle familial ne l'avait vraiment compris, et cela lui allait très bien. Et puis, il n'aurait pas eu la conscience tranquille de laisser son grand-père seul, dans son trois pièces désespérément vide, hanté par la mort de sa fille, par son désordre intérieur. Cela se voyait partout, sur les murs craquelés qui n'avaient jamais retrouvé l'éclat qu'ils avaient du temps où ses grands-parents étaient encore ensemble. Sur les tableaux de Charlie, l'artiste local, constamment de travers, sur les pétales de roses qui tombaient sur le parquet du salon, encore fragiles, friables,

palpitants de vie et déjà morts pourtant. Sur son visage fatigué aussi.

« Papi ? Dis-moi ce que tu veux, papi. »

Il lui fit signe de s'approcher. Il portait son ancienne chemise de travail, avec *Alain* cousu au fil jaune sur son cœur. Un pantalon moutarde. Des chaussettes hautes écossaises. Et des chaussons licornes. Étienne se dit qu'il était dans ses mauvais jours, et cela l'inquiéta.

« Regarde. Cosmos a fait un bouquet. »

Dans la cage de la perruche où plumes vertes et bleues et fruits confits se mêlaient, un mini bouquet était posé parmi les brins de paille, étrange et solitaire. Un petit ruban rouge retenait les fleurs ensemble. Étienne eut envie de rire, sûr que c'était l'œuvre de l'esprit rieur de son grand-père, mais se ravisa devant sa mine grave. Il était d'un sérieux. Ses yeux fixaient la poussière tournoyant dans le filet de lumière comme si elle allait apporter des réponses à ses questions silencieuses.

« Hannah me faisait la même chose. Des bouquets de pâquerettes. »

Une larme coula sur son visage cireux et il rabattit sa couverture sur ses jambes.

« Raconte-moi ce qu'elle a voulu dire. »

Étienne s'assit à côté de lui et prit d'un geste d'habitué sa main couverte de taches brunes. On aurait dit une carte au trésor miniature, où courraient des rivières tortueuses. Il laissa son

grand-père poser sa tête sur son épaule. Et lui dit qu'elle se trouvait sur un océan d'aurore. Et que la lumière n'était plus son ennemie.

« C'est bien. C'est qu'elle va mieux. Quoi d'autre ? »

Il lui répondit que son cœur évaporé devait se réparer. Qu'elle avait acheté du fil de sable pour le recoudre. Il lui dit que ses nuits n'étaient plus en danger, qu'elle avait trouvé un refuge pour les âmes évanouies. Il lui dit qu'il ne devait pas avoir peur de la blancheur de ses cheveux, qu'ils étaient comme des échantillons de soleil. Il lui dit qu'elle l'aimait et que le crépuscule de ses jours ne pourrait pas les séparer. Jamais.

« Tu entends ça, papi ? Papi ? »

Avec son béret posé sur son ventre, ses paupières closes et frémissantes, alourdies par le sommeil, on aurait presque pu penser qu'il n'avait pas changé. Que la mort de sa fille ne l'avait pas affecté. Étienne jeta un dernier coup d'œil à Alain et redescendit l'escalier, s'appliquant une fois de plus à se cacher combien ces conversations sur sa tante le bouleversaient. Il allait entrer dans le magasin lorsqu'il croisa Paco qui montait à son tour, un immense cartable Iron Man se balançant sur son dos.

« Bah, je croyais que tu "gérais" ?

— Y a Stephan qui est arrivé. Il dit que c'est son tour.

— Il est déjà treize heures ? Ah oui effectivement, il est temps que je prenne ma pause. Je te préviens, papi dort. En fait, t'as eu qui ? »

Étienne désigna d'un mouvement de tête le présentoir où étaient rangés les sachets surprises, le plastique créant des reflets bleu métallique sur les murs couverts de dessins réalisés à l'atelier du mardi.

« Le prince des nuages. C'est cool, je l'avais pas.

— Donc, toujours pas de…

— De fée des étoiles. Non, toujours pas. Quand je l'aurai, je te jure, ce sera le plus beau jour de ma vie.

— Ah ouais. Rien que ça. Mais tu sais, je les ai tous en vitrine. Tu es sûr que tu veux pas que je…

— Tu pourrais. Mais alors, quel plaisir il y aurait à ça ? »

Paco grimpa à toute vitesse les cinq étages, fidèle au titre de champion régional de course junior qu'il détenait. Étienne secoua la tête, heureux de voir quel genre de personne son frère devenait, du haut de ses dix ans. Ses yeux étaient encore débordants de promesses et d'espoir, et il ne serait pas celui qui les éteindrait. Il traversa le magasin, adressa un signe timide à Stephan qui rangeait le stock de biberons qu'ils venaient de recevoir et sortit dans la rue commerçante en direction du KFC. Malgré ses deux pulls en laine,

le vent lui brûlait la peau, lui mordait le visage, semblait appuyer méthodiquement, sadiquement sur son bleu encore douloureux. Étienne refit le nœud de son écharpe et se demanda ce qu'il pourrait bien faire cet après-midi. Il s'attarda sur le parc et son lac gelé, observa le vendeur de journaux fermer son kiosque, salua Charlie qui peignait un lampadaire sur lequel deux écharpes étaient nouées. Son gobelet rempli de pièces jaunes à ses côtés. Il regarda les flocons se déposer lentement sur les toits des voitures, les bouches d'égout gelées, les plaques de verglas sur les pavés, le chat gris du poissonnier. Toutes ces choses immuables et éternelles dans la vie d'Étienne. Toutes ces choses qui n'avaient pas de prix à ses yeux, et même s'il l'ignorait. Toutes ces choses qu'il regretterait. Et puis il la vit. La fille. Celle du carnaval. Elle portait toujours son costume et ses bas résille mais n'avait plus sa perruque, ses cheveux auburn s'échappant de toute part de son bonnet noir. Elle avait une drôle de manière de se déplacer. Un pas lourd et léger à la fois, pressé et flegmatique. Ses talons, par il ne savait quel miracle, ne se coinçaient jamais entre les rainures des pavés. Elle ne le voyait pas. Étienne sentit son cœur s'affoler. Ça l'effraya un peu. Il se demanda comment c'était possible qu'ils se recroisent comme ça, le lendemain de leur rencontre. Se dit qu'ils devaient sûrement habiter le même quartier. Que c'était forcément un signe,

de quoi il ne savait pas. Il hésita à rebrousser chemin, à lui emboîter le pas et à lui sortir quelque chose de spirituel, de charmeur aussi, pourquoi pas. Il voulait l'entendre dire à quel point elle était désolée, à quel point elle regrettait de l'avoir laissé seul dans la foule assourdissante. Elle lui dirait qu'ils pourraient peut-être prendre un café un de ces jours. Et même boire un verre, s'il voulait. Il voulait tout ça. Il en crevait d'envie.

Mais il ne se retourna pas.

2

Chloé déambulait dans la rue lorsqu'elle manqua de glisser sur une plaque de verglas invisible à son regard embrumé. Elle ferma les yeux un moment, appréciant ce court instant de pur déboussolement, ce moment éphémère qui semblait ne jamais devoir prendre fin. Ça fit marrer Charlie, avec sa petite tête de fouine déformée par son bonnet trop petit. Elle lui fit un signe qu'il ne lui rendit pas. Il était déjà ailleurs, scrutant le lampadaire où elle et Marc avaient noué leurs écharpes, il y avait une semaine de cela, elle se le rappelait très clairement. Et ils étaient toujours là, leurs serpents morts de laine. Elle marcha encore une bonne demi-heure, le bus étant neutralisé par la neige. Chloé monta à son appart, calculant mentalement le temps qu'il lui restait avant de pouvoir enfin déménager, lorsqu'elle aurait enfin amassé assez d'argent pour se payer quelque chose à elle, rien qu'à elle, loin de sa putain de famille. Six mois, trois semaines et deux jours. Une autre vie.

« Papa ! Maman ! Je ne fais que passer, je vais au cinéma avec Nina. »

Elle criait, mais savait très bien qu'ils n'étaient pas là. Ces mêmes parents qui voulaient plus que tout l'avoir à leurs côtés pour toujours, ne pas laisser seule leur petite fille perturbée, comme ils disaient. Qu'ils aillent se faire foutre. Elle s'en irait. Elle mit à fond la radio, Franz Ferdinand hurlant *Ulysses* à en faire gueuler la voisine. Elle se prépara en dansant, en chantant avec sa vieille brosse à cheveux Hello Kitty en guise de micro. Elle révisait mentalement ce qu'elle allait bien pouvoir lui dire quand elle le verrait, car oui, il serait là. Elle en était persuadée. Il le fallait. Comme tous les jours, elle évacua dans le lavabo ses antidépresseurs qui laissaient toujours une petite trace laiteuse sur la céramique – et au fond, elle savait très bien qu'elle aimerait que ses parents la remarquent, cette traînée poudreuse. Elle ne prendrait pas ces saloperies. Chaque fois, ça la sortait d'elle-même. Lui faisait oublier la rage et l'émerveillement, deux sentiments qu'elle ne pouvait se résoudre à perdre. Il lui semblait qu'elle devenait le fantôme d'une danseuse à l'air serein, un peu triste aussi. Cela lui apportait de la douceur, et cela ne lui allait pas. Elle n'en voulait pas. Pas à l'intérieur d'elle en tout cas. Et cela, ses parents ne le comprenaient pas. Elle sortit de la salle de bains et son portable vibra soudain. Un des « Je ne viendrai pas finalement »

si caractéristiques de Nina s'afficha sur son fond d'écran. Et merde. Elle s'était préparée pour rien. Elle n'allait pas y aller toute seule, Marc penserait qu'elle le suivait, qu'elle cherchait à lui parler. Bien sûr, elle le cherchait.

« Bon. J'y vais pas. »

Elle eut alors l'envie irrésistible de tout faire s'effondrer autour d'elle. Impulsivement, elle prit le vase sur l'armoire qui se voulait chinoise et le balança contre ce papier peint rose bonbon qu'elle avait toujours détesté. Elle regarda le chat s'approcher, sur la pointe des pattes, comme pour ne pas réveiller l'âme des morceaux de verre. Avec ses oreilles dressées, son air apeuré mais intrigué, il lui faisait penser à sa mère, du temps où elle l'aimait encore. Il slaloma parmi les débris, nonchalant, aérien, comme s'il ignorait qu'un seul de ces vestiges de vie pouvait lui arracher un cri ou un miaulement qui s'en rapprocherait. Il finit par s'asseoir devant elle, attendant son verdict.

« Bah, enfin, Pussy, qu'est-ce que tu as encore fait ? »

Pussy sembla lever les yeux au ciel, habitué à être accusé à tort. Mais elle savait qu'il ne lui en voulait pas. Il la comprenait. Elle attrapa son trench beige accroché au portemanteau, remplit la gamelle de Pussy, non sans en renverser un peu partout autour, et claqua la porte. Sans un regard, elle adressa un doigt à sa voisine qui roulait des pelles baveuses à son nouveau mec contre

les murs décrépis du couloir du sixième étage. Elle dévala à toute vitesse les escaliers, ne prenant jamais l'ascenseur. Question de survie. Une fois en bas, elle tendit quelques billets à son dealer dans le hall et prit le shit qu'il lui offrait dans un petit sachet en plastique Disney. S'accroupissant, elle alluma une clope avec l'unique bougie du gâteau d'anniversaire qui était à ses pieds, la crème au citron commençant à couler sur la boîte en carton dans laquelle il reposait.

« Joyeux anniversaire, je suppose.

— Ça ? Ah non, c'est pour ma fille. J'ai acheté une bougie magique, je la testais juste. Elle a cinq ans aujourd'hui.

— C'est pour ça qu'il y en a qu'une.

— De quoi ?

— De canards sauvages.

— Hein ?

— Mais non, de bougies.

— Ah. »

Le silence emplit le hall, elle n'aurait su dire combien de temps, en tout cas assez pour sentir l'odeur de pisse qui flottait dans l'air et lui soulevait le cœur.

« Mais elle a cinq ans ma fille.

— Oui... ?

— Alors, pourquoi tu as dit que cela expliquait le fait qu'il y ait qu'une seule bougie ?

— Oh. C'était censé être, tu sais, de l'humour pas drôle.

— Mais. Cela n'a aucun sens. C'est…

— Un oxymore ?

— Un oxy, hein… ? Non, j'allais dire… Inutile.

— Oh, toutes mes condoléances, nous sommes officiellement pas du même monde. Désolée de briser tes fantasmes les plus sombres. Bye, Walter White. À la semaine prochaine. »

Elle ne l'entendit pas dire que personne n'était mort dans sa famille, qu'il ne comprenait pas ce qu'elle voulait dire, qu'il ne le pourrait jamais, qu'elle devait arrêter de fumer et ferait mieux de se tirer une balle dans la tête avant que quelqu'un d'autre ne le fasse, se laissant happer par le doux ronronnement du trafic omniprésent dans la rue Bon-Cœur. Arrêter de fumer. La bonne blague. Comme si elle le pouvait. Comme si ce n'était pas ça qui la sauvait. Elle sortit son portable, lisant par curiosité le synopsis du film d'animation qu'elle allait voir, même si elle savait très bien que tout cela importait peu.

Un brocoli a changé ma vie

Lorsque Josiane tombe gravement malade après avoir ingéré un brocoli, elle ne pensait pas qu'elle rencontrerait l'homme de ses rêves, le docteur Kystique. Quelques années plus tard, un ami d'enfance revient dans la vie de Josiane et tente de la convertir à sa secte vénérant un certain dieu à tête de brocoli, venant bouleverser sa vie. Simple

coïncidence ou manifestation divine ? Josiane décide donc de mener l'enquête aux côtés de Marianne, une diseuse de bonne aventure vivant dans un cirque désaffecté, et essayera, dans cette quête, de trouver le sens à sa vie.

Elle laissa échapper un rire qui fit sursauter une vieille clouée sur son banc, son poing brassant l'air en signe de mécontentement. Au moins, cela changerait de ce qu'ils passaient d'habitude. De loin, elle vit qu'il n'y avait presque personne dans la file d'attente et cela la rendit indiciblement amère. Elle aimait attendre dans le froid, prendre le temps de se recentrer, de se replacer dans cette vie qu'elle se refusait à voir comme les autres, aussi terne et terreuse qu'un champ dévasté par un incendie. Elle aimait contempler les petites choses cachées, les détails abandonnés, leur donner un sens qu'elle seule pouvait imaginer. Cette bouteille de bière brisée aux allures de princesse ravagée. Cette goutte d'eau gelée fascinante de perfection, cette tétine à terre semblant presque menaçante, perdue au milieu de tant de pureté. Cette touffe d'herbe, près d'une bouche d'égout, encore debout, ultime rescapée de l'hiver. Parfois, elle se disait qu'elle n'était pas faite pour cette existence-là. Que quelque chose avant sa naissance ne s'était pas bien emboîté. Que personne ne la comprendrait jamais. En attendant, elle se contenterait de vivre comme

elle l'entendait. Emmerdant le monde. Putain, six mois c'était vraiment trop long. L'été dernier semblait remonter à une éternité, sa douceur presque inespérée. Et lui qui n'apparaissait pas.

« Mademoiselle ? Vous désirez ?

— Oui, pardon, désolée.

— Alors ?

— Alors quoi ?

— Eh bien, que voulez-vous voir ?

— Je croyais qu'il n'y avait qu'une seule salle dans ce putain de cinéma.

— Mademoiselle, je vous prie de rester polie. Moi, je ne fais que mon boulot, c'est pas génial, je vous l'accorde, mais c'est tout ce que j'ai. C'est dur pour tout le monde en ce moment. Alors, oui, il n'y a qu'une seule séance, oui c'est une question stupide, mais moi j'ai besoin de ça, pour pas avoir l'impression d'être un putain de distributeur.

— Désolée. Ma mère est morte.

— Oh. Toutes mes condoléances. Je suis...

— Ne le soyez pas, c'était une vraie conne. »

Chloé prit sa place en soupirant, dégoûtée d'elle-même comme souvent. Pas pour avoir enterré sa mère avant l'heure, de ça elle était plutôt fière, mais pour avoir mis la vendeuse mal à l'aise. Elle n'aimait pas blesser les gens. Et elle le faisait souvent. Elle n'en avait jamais l'intention. C'était juste plus fort qu'elle. Elle attendit quelques minutes dans l'entrée, s'attarda sur la décoration suspendue au plafond. Des dizaines

de brocolis étoilaient de vert le ciel en trompe-l'œil. Une fois dans la salle, elle le chercha des yeux, comme l'affamée qu'elle était, car oui putain c'était incroyable à quel point il lui manquait, comme sa présence absente était lourde à supporter, à quel point elle se sentait une merde sans lui pour la couver du regard comme il savait seul le faire. Une semaine qu'ils étaient l'un sans l'autre. Une semaine qu'elle était en manque. Elle balaya de nouveau l'obscurité de la salle, encore convaincue au fond d'elle-même qu'il viendrait tôt ou tard prendre place dans l'un des fauteuils. Elle en était désespérément persuadée. Mais elle ne le trouva pas. Elle s'enfonça dans son siège, comme si elle voulait se noyer dans ce rouge vermeil pour disparaître à jamais.

« Eh bien, si on m'avait dit que je reverrais Mercredi Addams, la seule, l'unique, deux fois en quarante-huit heures, bah je l'aurais pas cru. »

La voix était familière, le timbre aussi. Elle se retourna. Et elle le vit.

« Ah bah Snoopy. Ben merde alors. »

3

Étienne avait décidé d'aller au cinéma sur un coup de tête. Il n'avait rien de prévu, et il faisait encore trop froid pour ses traditionnelles longueurs à la piscine. Il avait hésité un moment devant le titre du dessin animé à l'affiche. Une histoire de poireau ou de chou-fleur. Une connerie de ce genre. Ça ne lui donnait pas du tout envie. Mais qu'est-ce qu'il pouvait bien faire d'autre ? En commandant son ticket, il vit son inconnue du carnaval s'engouffrer dans la salle. Pris de panique, il s'était alors refugié dans les toilettes bouchées, sans vraiment savoir ce qu'il fuyait. Il s'était dit qu'il n'avait plus le droit de se dégonfler. Qu'on lui avait donné la seconde chance qui d'habitude ne venait jamais. Alors, quand il s'assit près d'elle dans la salle, il s'apprêta à déballer la conversation qu'il avait finement préparée, mais elle lui mit le doigt sur la bouche, sans lui accorder un regard.

Sa mine concentrée devant le générique, sa façon de rester immobile et de l'ignorer

l'attristèrent un peu. Il éloigna son genou du sien et essaya de se focaliser sur le film, sans y parvenir. La fin indéniablement s'approchait, et elle ne lui avait toujours rien dit. Il ne savait pas ce qu'il espérait. Les faibles lumières d'un bleu lunaire presque pénible pour la pupille finirent par se rallumer. Il enfila son manteau, fouilla dans ses poches immenses et s'aperçut que son portable n'y était plus. Il s'accroupit, son long corps se pliant en deux à la manière d'un *sky dancer* de station-service agité par le vent. Étienne prit son téléphone dans la poche inférieure de son Eastpack et se servit du flash pour fouiller sous les sièges où gisaient moutons de poussière, pop-corn et préservatifs. Il lui fallut cinq bonnes minutes pour réaliser l'absurdité de ce qu'il faisait. Lorsqu'il releva la tête, il vit qu'elle l'avait attendu, là, près de la porte de sortie, une cigarette placée sur son oreille, l'observant pendant tout ce temps. Il la rejoignit en trottinant, se félicitant de ne pas avoir trébuché sur l'une des marches de velours. Toujours en silence, ils sortirent dans la rue où la nuit avait de nouveau tout submergé. La neige avait recommencé doucement à tomber. Le ciel semblait perdre ses étoiles. C'est sous cette voûte-ci qu'Étienne décida de se lancer.

« Tiens, t'es pas avec ton copain policier cette fois… »

Elle esquissa un sourire qu'Étienne ne comprit pas. Elle s'arrêta soudain, replaça une mèche

rebelle dans son bonnet et ramassa un ticket de caisse rendu rigide par la neige qu'elle glissa dans son sac à main. Elle tira une bouffée de sa menthol et, fixant le ciel, cracha lentement la fumée dans l'immensité presque effrayante du bleu de minuit. À cet instant précis, Étienne regretta de ne pas avoir le courage d'immortaliser ce moment par le simple déclic d'un appareil photo. Cela devait pourtant être facile. Un simple *Bouge pas*, quelques secondes pour sortir son portable, une seule pour faire la mise au point, suffiraient. N'est-ce pas ?

« Oh non. Si tu veux tout savoir, je devais venir avec une amie, mais elle m'a laissée tomber. Cette connasse ne sait pas ce qu'elle a raté. C'est sûr. »

Étienne sentit son pouls s'accélérer. Il devinait qu'il y avait un sens caché dans ces paroles, comme toujours avec les filles qu'il avait rencontrées. Il avait toujours été nul pour ça. Décoder les signes, interpréter un rire, décrypter les messages de plus en plus énigmatiques avec le temps lui apparaissait comme une science à jamais hors de portée. Étienne shootait dans une canette de Pepsi lorsqu'elle s'approcha dangereusement de son visage et posa un doigt sur son hématome qui virait au jaune. Étienne retint un cri de douleur.

« Oh, mais c'est moi qui t'ai fait ça ?

— Ça ? Oh, non, c'est, euh, c'est... les portes automatiques du Carrefour. Elles se sont pas ouvertes.

— Annh, mais tu m'avais pas dit que t'étais…

— Le fils caché de Pierre Richard, oui, je sais. »

En voyant la tronche qu'elle tirait, Étienne leva les mains en l'air, comme pour se rendre, et, augmentant la distance qui les séparait, se demanda où il avait encore merdé.

« Enfin, euh personne ne m'a jamais fait la référence, hein, t'es la première bien sûr, mais c'est juste que… C'est ce que je me dis tout le temps quand je m'imagine des conversations dans ma tête… »

Étienne se dit que, là, c'était encore pire. Il songea à un plan pour s'enfuir au plus vite, il pensa même à crier « Tout le monde à terre », à mimer une crise cardiaque, ou tout simplement à partir et ne jamais plus sortir de chez lui, à n'importe quoi tant que cela pouvait lui éviter ce sentiment de honte suprême, d'être un idiot fini. Mais elle éclata d'un rire sonore et sincère, faisant se retourner Charlie, qui n'avait toujours pas bougé de son poste d'observation. Ses yeux fantomatiques les suivirent un long moment après qu'ils eurent disparu.

« Snoopy, Snoopy, Snoopy. Je suis bien contente de t'avoir frappé.

— Ah oui ? Je suis si haïssable que ça ?

— Pas plus que celui que je visais à la base en tout cas. Et crois-moi, ça veut dire quelque chose.

— Oh. Et je suis censé le prendre comment ?

— Comme il te plaira. Mais si tu veux mon avis, je te conseillerais de le prendre bien. Enfin, je dis ça, je dis rien. »

Étienne se détendit et, mettant les mains derrière sa tête, se rendit compte qu'il aimerait lui proposer de passer chez lui. Après tout, des tas de personnes le faisaient sans problème, alors pourquoi pas lui. Et puis tant pis pour son grand-père. Il pensait même qu'il lui plairait. Et puis, sa présence la rassurerait peut-être, sur quoi, il n'en savait rien. Tout ce qu'il voulait, c'était juste qu'elle ne le trouve pas étrange. Qu'elle le voie comme un mec normal.

« Dis, tu veux passer voir mon grand-père… »

Heureusement, elle n'était pas là pour assister au désastre. Elle était partie, comme ça sans un bruit, il ne savait où, ne laissant d'elle qu'une pointure 37 dans la neige. Il se dit qu'il faisait vraiment froid et mit les mains dans ses poches. Ses doigts rencontrèrent un objet non identifié parmi quelques bonbons Arlequin, un paquet de mouchoirs parfumés à l'eucalyptus et, il ne savait vraiment pas ce qu'elle faisait là, une pelote de laine orange brûlée bon marché. Il le sortit, et le papier, car c'en était bien un, manqua de lui échapper ; emporté par le vent, il voltigea dans les airs un moment. Étienne le rattrapa juste avant qu'il ne tombe dans une bouche d'égout et le déplia quelques pas plus tard, lorsqu'il fut sûr d'être hors de danger.

Je me connais, je risque de m'éclipser à un moment ou à un autre lâchement sans rien dire, alors autant m'excuser maintenant.

P-S : Savais-tu que tu attendais de voir si les autres riaient avant de t'autoriser à rire toi-même ? Je ne sais pas quoi en penser. Mais j'espère que tu le sauras. Bye, Snoopy. À une prochaine, j'espère.

Chloé.

Étienne non plus ne savait pas quoi en penser. Il avait peur de se lancer dans quelque chose qu'il ne contrôlait pas, de s'autoriser à espérer un avenir qui n'adviendrait jamais. Il s'était tant de fois trompé sur toute la ligne. Sur les liens qui unissaient ses parents, sur les filles, ses prétendues amitiés, sur tout. Il ne recommencerait pas. Il pensait à tout ça sur le chemin du retour, ignorant le monde extérieur qui s'éteignait peu à peu, comme si la tombée de la nuit marquait réellement la fin de quelque chose.

4

Étienne se laissa guider par la musique jazz qui venait du salon, se réjouissant à l'idée de passer une soirée en compagnie de son frère. Il s'imaginait déjà à ses côtés, tous deux enfouis sous une montagne de couvertures, chaussons ridicules aux pieds et bols de céréales multicolores sur les genoux, fin prêts à s'enfiler des épisodes des Simpson à la pelle, à enchaîner sur des parties sans fin de Mario kart, le laissant toujours gagner sans jamais que Paco s'en aperçoive. Il avait un tel sourire quand il gagnait. Cela l'émerveillait trop pour lui avouer la vérité. Il s'imagina lui parler d'elle. Lui, l'écouterait. Mieux, ça le passionnerait. Alors il l'appela, et son nom résonna comme un cri adressé à l'enfance. Il l'interpella encore, mais ce fut une autre voix qui lui répondit.

« Il est parti avec ta mère. Tu les as manqués de peu.

— Ah. Elle exagère. Elle aurait pu m'attendre. Elle sait bien que je rentre à dix-neuf heures le samedi.

— C'est ce que je lui ai dit. »

Étienne émit un soupir, plus pour la forme que pour illustrer un véritable sentiment de tristesse. Secouant la tête, il appuya sur l'interrupteur, son grand-père lisant jusque-là *L'Amour la poésie* dans une pénombre gênante à laquelle il ne réagissait pas. Étienne quitta le salon pour préparer le dîner. Il s'accroupit devant le minuscule réfrigérateur où se trouvaient deux flans à la vanille, une bouteille de lait demi-écrémé, un pot de crème fraîche, une boîte de lardons, trois Hoegaarden et, dans le freezer, une pizza reine surgelée et un jus d'abricot congelé qu'il avait oublié là l'été dernier. Et il resta planté devant, juste comme ça, inconscient, un sourire presque imperceptible sur les lèvres, happé par la fraîcheur et l'insupportable grésillement de l'appareil. Lorsqu'il revint à lui, après une minute d'hésitation, il attrapa la pizza, la posa dans le micro-ondes, tourna le bouton jusqu'au temps indiqué sur l'arrière du carton et s'assit sur le tabouret à trois pieds, surveillant la cuisson d'un œil attentif. Il repensa à Chloé. Chloé. Chloé. Non, décidément, ce prénom ne lui allait pas. Il n'aurait su dire pourquoi, ni expliquer en quoi elle n'avait pas la tête d'une Chloé, ni d'ailleurs ce qu'aurait été une tête de Chloé, mais Chloé ne lui allait pas. C'était tout. Il n'y avait rien à rajouter. Étienne se sentait constamment obligé de se justifier, et il détestait ça. Dès l'école primaire, il fallait expliquer pourquoi on ne voulait pas inviter

un tel à son anniversaire, comprendre quelle partie de lui on n'appréciait pas et l'illustrer par des exemples précis qui ne venaient pas. Au collège, il fallait débattre sur des principes qui le dépassaient, pauvre débile qu'il était. Et il ne parlait même pas des cours de français où il fallait tout décortiquer, analyser, mettre des mots sur ce qui apparaissait à Étienne comme une sorte de vague qui emplissait tout son corps, une indescriptible sensation, presque colorée, dotée d'une température, d'une matière et même d'une forme, une chose qu'il, il le savait parfaitement, ne parviendrait jamais à décrire dans un langage compréhensible. Il n'avait pas le talent pour cela. Il n'en avait pas tout court, lui semblait-il. À part conseiller des gamins et apporter un peu de bonheur aux enfants. La perspective d'un après-midi tranquille pour les parents. Et encore. Le pire, dans tout cela, c'est qu'il l'aimait, ce boulot. Sans lui, il ne serait pas devenu ce qu'il était. Nerveusement, il commença à fouiller dans l'unique tiroir du comptoir rouge, pétillant et laqué à l'américaine, comme l'aimait son grand-père, et tripota une balle rebondissante transparente contenant une minuscule grenouille verte à pois jaunes, ses yeux globuleux louchant sur la pizza. La pizza. Ils en avaient déjà mangé hier. Et avant-hier aussi. Et peut-être même le jour d'avant. Étienne se précipita sur le micro-ondes, l'attrapa à pleine main et, se brûlant les doigts au contact de la croûte

croustillante, la laissa tomber en un cri sur le sol. La sauce tomate, les champignons et le jambon se mêlaient au carrelage en damier et Étienne aurait presque pu en rire si sa maladresse ne lui donnait pas envie de pleurer. Une fois de plus.

« Dans le placard du haut. Celui avec la carte de Kyoto. Il y a des pâtes. »

Étienne se demanda si la perte de sa fille n'avait pas déclenché chez son grand-père une espèce de sixième sens, une sorte de clairvoyance qui lui donnait l'allure d'un vieux sage un peu grandiose, un peu fou aussi. Du plus loin qu'il s'en souvenait, Étienne avait toujours vu en son grand-père quelqu'un de froid et de distant. Il n'avait pas vraiment eu de lien affectif avec lui durant son enfance, ne lui adressait la parole que pour lui souhaiter la bonne année, ne le considérait pas vraiment comme un membre de la famille. Il se souvenait particulièrement de sa kermesse de CM2. Alain avait méticuleusement assisté aux spectacles de toutes les classes de son école primaire et avait disparu dès lors qu'il était monté sur scène. Son regard d'enfant l'avait cherché longtemps parmi la foule de parents. Il en avait oublié sa seule réplique.

Étienne mit l'eau à bouillir et prépara ses carbonaras. Il se concentra pour ne pas faire dépasser les pâtes des deux assiettes Ikea désespérément blanches et ordinaires, contrastant avec tout ce que cet appartement respirait. Il apporta les

plats fumants dans le salon et prit place sur l'une des deux chaises de la table à manger. Alain le rejoignit d'un pas lourd, s'empêtrant dans la réplique de cape de Batman qu'il portait très souvent ces jours-ci, sans quitter la télévision des yeux. Étienne ne dit rien sur les bruits de mastication que produisait son grand-père. Il le sentait trop fragile et instable pour lui faire la moindre remarque. Étienne pensait aux murmurassions, aux coups en terrasse partagés avec Paco, un paquet de figurines surprises posé sur la table en plastique rose. Aux bourdons tournoyant dans le ciel céruléen. Il pensait à l'odeur sucrée des coquelicots qui poussaient sur son toit, au sirop d'orgeat, à la tendresse du mois de mai, à tout ce à quoi il rêvait en cette saison détestée lorsque Alain lâcha sans prévenir un cri rauque et puissant, presque animal.

« Alors ? »

Étienne répondit vivement à son sourire, car il savait que c'était le signe que son grand-père était en partie revenu.

« *La* bémol.

— Et là ? »

Alain se concentra, sa veine palpitant sur son front, et émit une note étonnamment juste.

« *Do* dièse.

— Et là ? »

Alain n'eut pas le temps de répéter l'opération. Cosmos s'était subitement mis à piailler dans sa

cage, comme pour participer lui aussi à ce jeu inattendu, sautilla comme si la paille pouvait le brûler. Étienne ricana un moment avec son grand-père, et portant un nouveau spaghetti à sa bouche, annonça solennellement qu'il s'agissait là d'un *mi* bémol.

« Rappelle-moi pourquoi t'es pas le prochain Mozart ?

— Parce qu'on n'a pas de quoi s'acheter un piano ? Parce que je ne peux pas me permettre de vivre que de musique ? »

Alain prit alors un air amusé qu'Étienne ne lui avait plus vu depuis une éternité. Cette mine avait le pouvoir de rendre à Étienne toute son excitation incontrôlable d'enfant, sa capacité à attendre en toute chose de la magie et à penser que tout serait à jamais ainsi.

« Je reviens tout de suite. »

Alain disparut dans la cuisine, son ombre se déployant en une danse hypnotique sur les murs pervenche du salon. Il revint armé de ce qui semblait être une tarte aux carottes saupoudrée de cannelle et de sucre glace. Quelques bougies en forme de poussins et de bonshommes de neige y étaient plantées, le tout arrosé de nounours multicolores en gélatine. Étienne commença à tripoter ses clefs dans la poche de son jean et répliqua que ce n'était pas son anniversaire.

« Ah bon. Aucune importance. Ouvre-le. J'avais pas de papier cadeau alors, je me suis dit qu'un gâteau ferait l'affaire. »

Alain saisit le couteau posé sur la nappe à fleurs, mesura avec ses doigts la surface qu'il devait couper et lui tendit la part où était caché son présent, incrusté dans la pâte. Étienne la déstructura du bout de sa fourchette en plastique, prenant son temps, mâchonnant machinalement les fils de son sweat qu'il ne mettait que lorsqu'il était seul, ou avec son grand-père, ce qui revenait de toute manière à la même chose.

« C'est… Quoi ?

— Une carte d'abonnement pour le studio de musique. Tu sais, il est dans la rue…

— Mais…

— Il n'y a pas de mais. Je ne te regarderai pas gâcher ton talent sans rien faire. Et tant pis si tu ne peux pas me payer un cercueil. Ça, c'est beaucoup plus important. »

Tout en parlant, Alain pointait un doigt tremblant en direction du cœur d'Étienne. Celui-ci le remercia, allant jusqu'à déposer un baiser humide sur son crâne dégarni, sans avoir le courage de lui avouer qu'il n'était pas aussi bon qu'il le croyait. Loin de là.

Après avoir couché son grand-père, il migra enfin vers sa chambre et s'écroula sur son lit encore défait. D'un coup de pied, il balança ses baskets à l'autre bout de la pièce, se défit de ses vêtements et se blottit dans ses draps atrocement frais, slip et chaussettes de sport en guise

d'armure pour parer toute insomnie. Étienne s'empara de son PC pour regarder une série mais se ravisa, anticipant douloureusement son état de fatigue au réveil. Parfois, il avait l'impression qu'une nuit était une pause trop courte pour continuer à vivre sa vie. Que les journées s'enchaînaient trop rapidement, et cela le terrorisait d'y penser. Il but une dernière bière, fixant une tache d'humidité au plafond. Il songea à sa grand-mère, au fait qu'il ne l'avait pas vue depuis six mois et demi. Il pensa aux petits déjeuners dégustés avec elle dans son grand lit à baldaquin, à l'odeur réconfortante des tartines beurrées, au grognement de la machine à café. Il pensa à ces instants enfuis qui autrefois ne valaient guère. Il pensa à son père. Et la lumière mourut.

Le magasin de jouets était vide. La neige avait laissé place à une triste pluie glacée. Aucun client ne s'était manifesté de la journée. À part ce gamin. Il lui avait demandé si c'était son fils qui avait fait les dessins accrochés aux murs, avant de partir rejoindre son père, sans attendre la réponse. Ça l'avait troublé. Il s'était rendu compte à quel point les années avaient passé. À quel point il n'en avait rien fait. Il en avait le vertige. Putain, qu'est-ce qu'il foutait ? Qu'est-ce qu'il avait accompli ? Il y repensait encore, assis derrière le comptoir. Il sortit de sa poche sa carte d'accès au studio de musique. Se promit de se remettre au piano.

Et s'il n'était pas trop tard ? Et s'il avait encore la chance de devenir quelqu'un ? Pris d'un élan pour la vie, il se mit à vérifier l'état des rayons avec ardeur, comme si son métier avait soudain pris de la valeur à ses yeux. Il était en train de ranger l'étagère dédiée aux nouveau-nés lorsqu'il sentit une main se poser dans son dos. Il se retourna, une Sophie la girafe coincée entre son cou et son épaule, essayant d'ignorer le frisson qui l'avait soudain saisi. Oui. C'était bien elle. Et il se demanda soudain si elle se souvenait de lui.

5

Étienne recula. Il avait l'air surpris, un peu hagard aussi, ses épaules se soulevant comme celles d'une marionnette de bois articulé, mais déçu. Chloé se demanda ce qu'elle avait bien pu faire pour qu'il prenne cette tête de chien mouillé sortant troublé d'un voyage dans une machine à laver. Était-ce ses yeux trop maquillés, d'une couleur noire de fumée, elle qui portait les cendres de sa vie déchiquetée comme une armure et les arborait bien trop férocement pour Étienne ? Ou alors, le petit trou dans son collant de laine qui lui laissait entrevoir une fébrilité menaçante ? Ou bien sa façon de s'asseoir sur le comptoir, les jambes croisées, son pied droit brassant l'air ? Quoi qu'il en soit, il ne lui accordait pas un regard, arrangeant soigneusement les étagères, plaçant un poupon en grenouillère rose pâle à côté d'un set de canards de bain pour finalement le changer de place, encore et encore. Au milieu de cet univers d'enfant, de cette innocence presque aveuglante, presque écœurante,

il paraissait étranger, une sorte de passager clandestin dans ce bateau de juvénilité. Pourtant, ce n'était pas qu'il avait l'air mal à l'aise. Au contraire, elle avait l'étrange impression d'être rentrée chez lui par effraction, d'avoir bafoué un sanctuaire perdu au milieu d'une montagne mousseuse et tranquille. Ses lanternes se balançant doucement au gré du vent.

« Salut, Étienne. Tu m'apportes un peu de rêverie ou c'est moi qui m'en charge ?

— C'était quoi ça ?

— Une imitation foireuse d'une dragueuse bien lourde ?

— C'est bien ce qu'il me semblait. »

Étienne s'arrêta soudain, et comme pour chasser sa déception, il reposa par terre le carton rempli de livres de bain qu'il portait, éteignit la lumière à l'aide d'une télécommande posée près de la caisse. Il s'empressa de tirer les volets, tournant la petite manivelle sur le rythme de leur silence.

« Bonne idée, ça sera plus facile de me tuer dans le noir. »

Avec la pénombre, elle ne savait pas s'il avait souri, s'il avait ne serait-ce que montré qu'elle le surprenait, qu'il était impressionné par cette drôle de jeune femme en salopette noire. Elle ignorait si c'était bien le cas, mais elle se plaisait à le croire.

« Tais-toi un peu, tu veux ? »

Chloé s'exécuta, amusée de voir que la nuit lui apportait de l'assurance. Elle s'assit sur un pouf en forme de méduse, les filaments de soie s'emmêlant autour de ses jambes, et attendit que ses yeux s'adaptent à l'obscurité. Elle lut son nom cousu sur son uniforme de travail, d'un bleu usine délavé et fatigué. Étienne plaça une lanterne magique au centre de la pièce, et aussitôt, lutins arborant champignons comme couvre-chefs, fées habillées de pétales de fleurs et créatures à base d'arbres carbonisés dansèrent sur les murs, et tout fut enseveli. Elle n'avait pas remarqué qu'Étienne s'était assis à ses côtés sur le tabouret flamant rose, ses cheveux ébouriffés venant chatouiller son visage. Il ne tint pas longtemps avant de briser le silence, et cela l'agaça.

« Comment tu savais que je travaillais ici ? »

Chloé ne répondit pas tout de suite, se sentant prise d'une nausée irrespirable tout d'un coup. Comme si ses souvenirs d'enfance tapis pourtant depuis si longtemps en elle (elle avait l'impression étrange d'être vivante depuis une éternité) étaient soudain devenus pathogènes, qu'elle s'intoxiquait de temps révolu. Étienne dut le sentir puisqu'il débrancha la veilleuse.

« Je ne savais pas que tu travaillais ici. Ma tante vient d'avoir un bébé. Je voulais juste acheter un cadeau de naissance. C'est le seul magasin de jouets dans le coin, en dehors des *Hortensias*. Et

flemme de faire quarante-cinq minutes de bus. Et puis, j'habite à cinq minutes. C'est pratique.

— Je vois.

— Bah non, justement.

— Tu dis ça parce que tu ne me connais pas. Tu ne savais pas que j'ai la capacité de vision nocturne ?

— Maintenant que tu le dis, t'as bien un petit air de chauve-souris.

— Et toi, d'Emma Stone. C'est ça, une Emma Stone qui aurait les yeux bleus.

— Je suis pratiquement sûre que c'est déjà le cas.

— Ah. »

Étienne ramena la lumière et Chloé porta immédiatement les mains à ses yeux, lançant un grognement qu'elle voulut agressif, mais qui sonna d'une fausseté insupportable à ses oreilles.

« Putain, t'aurais pu prévenir… »

Étienne était plus grand qu'elle ne le pensait, plus adulte qu'elle ne se l'était représenté. Il empaqueta avec précaution la veilleuse avec du papier bulle et la remit dans sa boîte en carton d'origine, comme si cet instant n'avait jamais existé.

« Continue. »

Elle ne s'étonna pas qu'il l'ait comprise, Étienne emballant avec du papier cadeau couvert de Pinocchio la lanterne qu'elle avait soudain décidé d'acheter sans vraiment savoir pourquoi.

« Ouhla, j'avais pas vu le prix…
— Euh… Dis, Chloé…
— Oui ?
— Je te l'offre.
— Hein ?
— Je te l'offre, je te dis. Et me dis pas que tu ne peux pas accepter, parce que tu en meurs d'envie.
— Oh, mais on devient arrogant à ce que je vois ?
— Euh… Ah oui ? J'ai pas fait… J'ai pas fait exprès… Je sais pas ce que je voulais faire…
— Si, tu sais. »

Étienne lui tendit le paquet à l'aveuglette, disparaissant sous le comptoir pour ramasser le pot à crayons qu'il venait de faire tomber et Chloé se demanda s'il rougissait à cause d'elle. S'il voulait le lui cacher. Elle fourra le cadeau dans son sac et se rendit compte qu'elle ne voulait pas partir, non, pas maintenant. Elle voulait parler encore avec lui. Elle avait tellement de choses à lui dire. Lesquelles, elle ne savait pas. C'était quelque part en elle, entre le ventre et la poitrine, ça grouillait, ça cognait, mais ça n'avait pas vraiment de forme précise. Elle pensait ne pouvoir jamais le modeler correctement. Jouant avec une baguette magique en plastique rose, Chloé décida d'ouvrir la bouche, espérant que quelque chose en sortirait, n'importe quoi, tant que cela lui permettait d'allonger ce moment, mais ce fut Étienne qui parla à sa place.

« Dis… Tu comptes me dire pour qui tu me prenais l'autre jour ?

— Absolument pas.

— Oh. Tu me brises le cœur.

— Tant mieux. »

Étienne avait peur, ça crevait les yeux, et c'est pour cela sans doute qu'elle s'amusa à prendre son temps, flânant dans les rayons de loisirs créatifs, tripotant les pots de pâte à modeler. Elle laissa tranquillement s'installer le silence.

« Comme ça, j'ai quelque chose à me faire pardonner. »

Chloé se retourna vers lui, enfonçant un chapeau de sorcière sur sa tête. Elle ne le voyait pas à cette distance.

« Ce qui veut dire que tu ne trouveras pas étrange que je propose mon aide avec… ça. »

Chloé chercha du regard avec empressement ce qui pourrait bien mériter de l'aide et jeta son dévolu sur une pile de cartons contenant une multitude de voitures, bateaux, hélicoptères et autres véhicules télécommandés.

« Ah parce que t'avais rien à te faire pardonner avant ça peut-être ?

— Tu joues à un jeu dangereux, Étienne, tu le sais ça ? Ma vengeance pourrait être terrible. Je pourrais t'enfermer dans mon coffre et te forcer à lire *Valeurs actuelles*, puis à écouter Claudio Capéo et regarder Hanouna toute la journée. Ou t'emmener à un meeting de Le Pen, voire à une

Manif pour tous. Ou, pire, je pourrais t'obliger à revoir le dessin animé de l'autre jour. Et en VF en plus.

— Oh non. Tu ferais pas ça quand même.

— Je vois que tu ne me connais pas.

— Pas assez en tout cas. »

Ils se mirent à la tâche, déchargeant carton sur carton, cherchant les emplacements qui mettaient les nouveaux jouets en valeur, se racontant les scènes du film qui les avaient marqués, celles qu'ils avaient complètement détestées, celles qui recelaient malgré tout une part étrange de beauté. Alors qu'ils avaient fini, Chloé se mit en tête d'arranger la vitrine, mettant en scène un minuscule marché Playmobil, composé de stands de vêtements, de livres d'occasion et de rôtisseries. Elle ajouta au tableau deux mères avec leur poussette qui s'embrassaient à côté d'un homme en costume de fée et se retourna vers Étienne, se rendant soudain compte qu'ils avaient arrêté de discuter.

« Tu savais que je détestais parler juste après un film ? J'ai besoin d'un peu de temps pour en sortir. J'ai besoin de rester dedans encore un moment.

— Même quand c'est sur un brocoli ?

— Surtout si c'est sur un brocoli. »

Étienne lui sourit, s'approcha d'elle doucement, les mains croisées derrière le dos, le regard fuyant, et elle sentit qu'elle perdait le contrôle,

que ses émotions déferlaient bien trop vite, que tout montait dangereusement en elle. Comme avant. Elle s'était promis que ça n'arriverait plus. Qu'elle ne se ferait plus jamais engloutir. Alors, elle souffla longuement. Tenta de se recalibrer. De revenir à cette vision d'elle-même qu'elle s'était bâtie. Essaya de se rappeler son propre fonctionnement. C'est ça. Ça y était.

« Dis… Je pourrais, euh… Je pourrais… avoir ton numéro… Enfin, si tu veux bien.

— Désolée, Étienne. Mais non. Les portables, ça me réussit pas. Crois-moi. »

Et elle le planta là.

6

En entrant dans le hall de sa fac de lettres modernes, Chloé jeta un œil à son emploi du temps, ignorant les étudiants qui la suivaient du regard, impatients de voir comment elle allait se débrouiller pour se faire remarquer aujourd'hui. Elle sortit sa feuille une nouvelle fois, incapable de retenir les noms des salles. Et tant mieux. Elle se serait détestée de les connaître par cœur. Elle commanda un café dégueulasse au distributeur, le balança dans les plantes vertes sous les yeux exaspérés de sa prof de langues anciennes, qui se plaignait de la disparition de sa matière. Et merde. Elle avait encore latin ce soir. Elle n'irait pas. Elle sècherait, comme chaque fois. Faire quelques plongeons à la piscine pour se défouler lui semblait une activité bien plus enrichissante. Lançant le gobelet sur la tête d'un étudiant, Chloé avisa, désemparée, les cours à venir. Méthodologie. Grammaire française. Linguistique. Elle soupira longuement, retenant un rire nerveux. Tout n'était pas aussi passionnant qu'elle l'avait

imaginé. Pas aussi stimulant que ce qu'elle espérait. Loin de là. Heureusement, elle commençait avec le professeur Martel. La seule raison de sa présence ici. Et quand elle entra dans la N329, c'est lui qui l'aborda en premier.

« Puis-je vous toucher un mot à la fin du cours ?

— C'est pas vraiment comme si j'avais le choix, n'est-ce pas ?

— Effectivement.

— C'est grave, docteur ?

— Plutôt. »

Sur ces mots, le professeur Martel rejoignit le bureau d'où il dominait l'amphi et ses quatre cents étudiants à moitié endormis. Chloé s'installa au dernier rang. Elle piqua à sa voisine un stylo quatre couleurs et un surligneur violet dans sa trousse recouverte de noms de filles, de bites et de cœurs dessinés au Tipp-Ex. Elle s'attarda un instant sur les pulls de Noël particulièrement laids qu'arboraient la grande majorité de ses congénères, essaya une fois de plus de se persuader qu'elle avait sa place ici. Une heure de trajet aller et retour pour assister à sa propre *destruction* – parler simplement d'un échec scolaire aussi cuisant qu'inattendu lui aurait paru trop banal, manquant de panache, de romanesque. Au lycée, c'était facile pourtant. Fallait juste piger qu'on leur demandait une approche studieuse, et c'était plié, même pas la peine de lire ses classiques.

Il suffisait juste de les connaître de loin et de posséder l'art de parler avec assurance d'une œuvre qu'on n'avait jamais lue, agrémenté d'un certain talent pour faire illusion sans que le subterfuge soit jamais découvert. D'accord, elle n'avait pas dix-huit de moyenne non plus, mais avec son quinze elle s'était dit que c'était hautement suffisant, et tous ses professeurs s'accordaient à dire qu'elle avait raison de le penser. Et puis, qu'est-ce qu'elle aurait pu faire d'autre ? Aller à l'usine de boîtes de sardines, comme ses parents, comme tous les ancêtres et tous les jeunes de ce putain de trou ? Mais à la fac, et dans une véritable ville qui plus est, c'était différent. Il fallait bosser comme une dingue pour rattraper son retard, renoncer à la vie sociale qu'une grande métropole comme celle-ci offrait – et surtout, elle enchaînait les hors-sujets. Et dire qu'elle pensait qu'elle allait passer trois années peinardes, entourée de gens qui la comprendraient vraiment, qu'elle cartonnerait, ce qui lui ouvrirait des centaines de portes, des promesses d'emplois prisés et terriblement artistiques. Plus besoin de s'inquiéter de rien. Mais voilà qu'elle coulait, sous les yeux indifférents des autres étudiants qui n'avaient jamais attendu autre chose d'elle, compte tenu de son origine sociale. Et de sa fâcheuse manie à s'attirer des ennuis à tout bout de champ aussi. Et dire qu'un rien les séparait, une frontière invisible, une brume de chaleur flottant sur

le bitume brûlant d'une route désertique, mais cette barrière changeait tout. Elle comprit assez vite que, tout ce temps, elle avait été surnotée par ses professeurs et n'était pas aussi brillante qu'elle le croyait.

Chloé regarda sa montre avec détresse. Les trois heures passaient à une vitesse fulgurante, car là était le problème. Tout cela la passionnait, même si ça l'aurait tuée de l'avouer. Elle rassembla ses affaires, plaçant les fournitures volées avec les autres dans son sac à main et réfléchit à ce que Martel pouvait bien avoir à lui reprocher. Chloé se planta devant lui, attendant qu'il finisse de répondre aux élèves qui se pressaient à son pupitre, sachant pertinemment qu'il ferait l'effort d'offrir une réponse complète aux questions qu'ils se posaient. Qu'importe le temps que cela prendrait. Elle finit par le suivre dans les couloirs bondés, surchargés de troupeaux d'étudiants qui se confondaient tous tristement. Ils étaient si semblables de leur différence. Ça la déprimait. Sur le chemin, elle vit son professeur accepter un manuscrit de la part d'un de ses collègues, lui promettre de le lire au plus vite. Elle l'observa appeler les agents d'entretien par leurs prénoms, les saluer un par un. Leur demander si tout allait bien. Elle trouvait qu'il marchait d'un pas rapide, roulant légèrement des fesses dans son chino noir moulant, ses tennis blanches semblant flotter au-dessus du sol. Peu savaient que c'était un écrivain raté qui

avait commis des essais sur les procès de Salem, un conte fantastique inspiré de légendes marines et – ça, elle ne comprenait toujours pas pourquoi – un recueil de poèmes entièrement consacrés aux lémuriens. Chloé les avait lus et les avait trouvés plutôt bons, ce qui n'était pas pour déplaire à M. Martel. Elle s'attendait donc à découvrir un véritable cabinet de curiosités, avec des étagères remplies de fœtus de hamsters en bocaux, des verrières pleines de crânes de taureaux, de hiboux empaillés et de papillons Apollon épinglés aux murs, ou encore une sorte de repaire de savant fou, qui sait. Mais rien de tout cela. Seulement une table console noir ébène et deux chaises assorties où ils s'assirent sans un mot. Une pile de copies attendant sagement d'être corrigées. Un gobelet en plastique agrémenté d'une trace de rouge à lèvres dans la poubelle. La photo de sa femme aussi.

« Bon, mademoiselle...

— C'est moi ou on a plus le droit de dire mademoiselle ? Je pourrais vous poursuivre rien que pour ça, vous savez.

— Je serais vous, je ferais moins la maligne.

— Bon. Qu'est-ce que j'ai fait ?

— Vous ne savez pas ?

— Non. »

Le professeur Martel quitta son siège pour s'asseoir sur la table, un peu à la Delahousse, et Chloé retint tant bien que mal son rire, ce qui, et elle s'en étonna, semblait l'amuser. Sûrement

pour poursuivre cette blague implicite entre eux, il porta un mug fumant à ses lèvres, son sourcil droit se relevant en un arc remarquable.

« Vraiment pas ?

— La liberté commence où l'ignorance finit.

— Que vient faire Hugo dans cette histoire ?

— Rien. Absolument rien. C'est la seule chose qui m'est venue à l'esprit.

— Je crois comprendre le rapport. Vous savez que Victor Duroix est venu se plaindre mercredi matin ? »

Et tout lui revint. La main au cul dans le parc après les cours alors qu'elle mangeait tranquillement un paquet de Schoko-Bons, bercée par la musique ensorcelante de Tamino, en totale déconnexion avec la réalité. Elle se rappela avec un malin plaisir le coup de poing qu'elle lui avait immédiatement administré, son gros – Chloé éprouva le malsain besoin de le préciser – corps gras s'écroulant sur l'herbe mouillée. Son nez en sang, cassé, elle l'espérait.

« Ah je vois. Et comme vous êtes un macho de première, vous allez gracier ce salaud de Victor et condamner la victime.

— Écoutez. J'ai vu ce qui s'est passé, je connais la vraie version des choses.

— Oh ! Et vous êtes un voyeur en plus. Ça ne s'améliore pas.

— Ce que je veux dire, c'est que j'ai fait ça pour vous. »

Le professeur Martel se pencha vers Chloé pour lui poser la main sur l'épaule, la retira vivement. Son visage ne montra pourtant aucun signe d'affaiblissement.

« Il fallait bien que quelqu'un vous punisse. C'était irrémédiable. Tout professeur vous aurait traitée de furie et d'hystérique. Alors j'ai pris les devants.

— Vous voulez dire que vous m'avez fait venir dans votre bureau juste pour faire croire aux autres que j'allais payer pour mes actes ?

— Oui, on peut dire ça. »

Il but une gorgée de son café en grimaçant, et d'un bond atterrit près de la porte. Il s'empressa de la déverrouiller avec une clef rouillée, dénuée de porte-clefs. Chloé n'avait même pas remarqué qu'ils étaient enfermés.

« Je ne vous demanderai qu'une chose en retour.

— D'arrêter de faire des hors-sujets ?

— Non, pour ça je crois que vous êtes une cause perdue. Brillante dans vos écrits, mais une cause perdue quand même. Je pense que vous êtes bien plus intelligente que vos camarades. Vous ne rentrez juste pas dans le rang. Non, je vous demanderai plutôt de lire ça. »

Elle s'empara du *Vous descendez ?* de Nick Hornby qu'il lui tendait et le remercia mollement, se retenant de lui offrir la satisfaction de se complaire dans l'image du clément souverain qu'il

avait de lui-même. En sortant, Chloé vit que Nina l'avait attendue, de même qu'elle avait attendu Étienne au cinéma, il y avait plus d'une semaine de cela. Nina lui attrapa fermement le bras, leva les yeux au ciel et se lança dans un monologue sur son nouveau petit copain qui n'arrivait pas à tenir plus de trente secondes, c'était un véritable gâchis avec ce corps de footballeur, et qu'elle pensait larguer ce soir. Chloé l'écoutait à moitié en entrant dans le bus. Les nuages en forme de dieux aztèques ramenés par la brise, les panneaux de signalisation tagués d'héliotropes et les camions-citernes qui défilaient lui semblaient bien plus intéressants. Elle songea même à appeler Marc et remarqua qu'elle n'avait pas pensé à lui de la journée.

« Sinon, vraiment fais gaffe, hein.

— À quoi ?

— À M. Martel. Ça se voit, c'est un prédateur sexuel. Eh, oh, Chloé, tu m'écoutes ? Tu ne vas pas lui faire le plaisir de satisfaire ses fantasmes de petites étudiantes hein ? En plus, regarde comment tu es habillée, c'est quoi ce décolleté, franchement. S'il t'était arrivé un truc dans son bureau, l'aurait pas fallu venir pleurer hein.

— Pardon, j'étais ailleurs, tu disais ?

— T'abuses quand même. Rien, ce n'était pas important. Je descends avec toi cette fois, tu as vu comme je suis sympa, aller dans ce trou perdu juste pour lui… j'ai un *date* avec un gars, mais je te dis pas… »

Nina avait prononcé le mot *date* en faisant des guillemets avec ses doigts, lâchant un petit rire haut perché, et Chloé n'osa pas lui dire qu'elle trouvait tout cela affligeant. Nina s'était – et Chloé ne comprenait toujours pas pourquoi – prise d'affection pour elle dès le premier jour, ce qui lui avait permis de ne pas trop se faire emmerder. Nina était première de la promotion, plutôt mignonne, et surtout actrice dans une série sur M6. Elle était enviable. Mais surtout inatteignable. Ce qui n'empêcha pas Chloé de lui adresser un doigt et de lui hurler connasse lorsqu'elle fut sûre qu'elle ne pouvait plus l'entendre. Dans le hall de son immeuble, elle constata que son dealer n'était pas là. Elle shoota dans une canette d'Heineken. Et merde. Elle n'aurait pas sa ration cette semaine. Ce qui était contraire à sa promesse et elle s'en inquiéta. C'était un sacré crétin, mais d'ordinaire il avait le sens de la ponctualité, ce qui était déjà pas mal. Une fois rentrée chez elle, Chloé attrapa un paquet de chips saveur barbecue et se posta à la fenêtre du salon, un plaid en laine et Pussy sur ses genoux, allumant son dernier joint, comme à son habitude, lorsque son envie d'observer les passants se faisait trop forte. Elle aimait bien se dire que tous ces gens se pensaient immensément seuls. Qu'ils étaient convaincus que leur date de péremption était dépassée depuis bien longtemps. Qu'ils étaient persuadés que personne ne leur prêtait attention.

Chloé trouvait cela rassurant. Ça lui donnait un peu d'espoir sur sa propre existence. Elle s'empara de son bloc-notes à moitié entamé, jeta un œil à ce qu'elle avait écrit la veille et agita son stylo sans réfléchir, ni savoir ce qu'elle en ferait.

Tout doit disparaître.
Même le rire des mimosas enneigés commence à m'effrayer.
Comment expliquer cela.
Comment expliquer ce virement de bord.
Et toi qui ne survis pas à mon ombre.
Mais comment t'en vouloir là où je me noie de moi-même.
C'est curieux.
Les oiseaux sont en train de migrer sans moi.
Ils m'ont oubliée.
Ils m'ont tous oubliée.

Cholé releva soudain la tête, reconnaissant le bruit des pas de ses parents sur la moquette. Elle baissa la tête pour ne pas les voir lui sourire. Ils lui demandèrent si ses cours s'étaient bien passés. Si elle avait bien mangé. Elle leur répondit que non. Qu'elle avait préféré égorger des vieilles du quartier. Ils lui dirent qu'elle était drôle, comme toujours, et s'assirent en face d'elle avec l'air d'attendre quelque chose d'elle. Putain, qu'est-ce qu'elle détestait qu'ils attendent quelque chose

d'elle. Ça la bouffait. Vraiment, ça l'asphyxiait. Elle dévisagea ses parents, ce couple parfaitement assorti, tout droit sorti d'une comédie musicale ambulante, une incarnation parfaite du rêve américain, et qui essayaient tant bien que mal de prendre un air amusé, léger. Comme si rien n'avait changé entre eux. Que tout était normal. Un vendredi soir comme un autre. Sa mère ôta d'un geste sa doudoune jaune fluo et la posa sur le dos de sa chaise, orange pour elle, verte pour son père. Bleue pour Chloé. Son père prit place sur la sienne, retroussant les manches de sa chemise canadienne, ce qui n'était jamais bon signe d'après son expérience. Chloé tenta de s'éclipser, Pussy toutes griffes dehors, seul allié dans cette maison de tarés, mais son père lui barra la route.

« Arrêtez ça.

— Arrêter quoi, ma chérie ?

— De me regarder comme si j'étais une survivante. »

Et voilà. La routine se mettait en marche. Elle à qui on n'avait rien demandé. Son père se leva, alla se verser un whiskey dans le buffet derrière sa mère qui scrutait un couple de tourterelles par la fenêtre, levait les yeux au ciel pour empêcher ses larmes de couler.

« Tu as laissé traîner ça. »

Sa mère jeta sur la table une liasse de chèques non encaissés, signés à l'ordre du docteur

Michelle. Il y en avait une vingtaine. Et autant de séances de psychothérapie manquées.

« Tu nous avais promis d'y retourner. »

Sa mère retint un sanglot et Chloé, qui ne l'avait jamais vue pleurer, se demanda si ce serait le cas aujourd'hui. Si elles en étaient arrivées à ce point.

« Tu nous avais promis, Chloé. »

Sa mère s'assit. Se servit un porto pour se calmer. Tripota son pendentif. Et évitant son regard, elle lâcha qu'elle n'en pouvait plus de tout cela. De cette situation. De voir sa fille mourir sous ses yeux. C'était pas elle, ça. C'était pas sa Chloé. Elle ne comprenait pas ce qui lui avait échappé. Elle et son mari avaient vu leur fille changer du jour au lendemain. Se mettre à éclater de rage, à leur répondre par des insultes, à disparaître pendant des jours sans donner la moindre nouvelle. La moindre explication. Ils la trouvaient violente. Il y avait une telle haine dans son regard. Elle leur faisait peur. Elle qui autrefois était si calme. Si douce. Si normale. Ils s'étaient dit qu'il y avait forcément quelque chose. Qu'elle avait vécu une situation terrible. Un traumatisme. Elle n'arrêtait pas de se demander lequel. Elle imaginait le pire, avec une précision effrayante. Elle en faisait des cauchemars la nuit. Son instinct lui hurlait qu'elle avait raison. Et le silence de sa fille en était la preuve. Chloé ne voulait rien leur dire, devenait nerveuse dès qu'ils abordaient le sujet, semblait

à deux doigts d'imploser et finissait souvent par casser quelque chose, en répétant que rien ne s'était passé. Cela ne faisait que renforcer leur volonté de la faire plier. Chloé serra Pussy dans ses bras, répondit calmement que cela ne servait à rien d'y aller. Qu'elle n'en avait pas besoin. Et cela, son père ne put le supporter.

« Si, Chloé. Tu vas mal. Je le vois bien que tu vas mal. Je suis ton père, putain, je te connais. Tu es malade, Chloé. Comment tu peux ne pas comprendre ça ? Tu dois te faire soigner, putain, tu veux pas faire ça au moins ? Tu veux pas essayer ? »

Tout le monde se tut. Même Pussy arrêta de s'agiter. Dehors, une voiture klaxonna un bref instant et Chloé eut la folle envie qu'elle ne s'arrête jamais de crier.

« Vous avez tellement envie que j'aille mal. Ça en devient terrifiant. »

Chloé força le passage et s'enferma dans la chambre de ses parents. Elle s'empara des quelques feutres Weleda qui gisaient dans un pot de confiture vide et se mit à recouvrir les murs de putes putes salopes, même si elle savait très bien que cela ne leur ferait rien. Qu'ils ne feraient que constater, désemparés, à quel point ils avaient échoué. À quel point leur fille était inaccessible. À quel point elle était devenue folle. Ils lâcheraient un long soupir, et, éponge à la main, s'empresseraient de tout effacer.

7

L'odeur du chlore embaumait chaque parcelle d'air, imprégnait son maillot de bain et transformait tout en souvenir autour d'elle. Le soleil qui traversait la baie vitrée et dansait sur la surface de la piscine suffisait à faire de la neige un lointain souvenir. Chloé atteignait bientôt le sommet du plus haut plongeoir. Elle avait grimpé l'échelle comme une assoiffée, allant à toute vitesse à en perdre l'équilibre, comme si elle pouvait ainsi retrouver l'enfant qu'elle avait été. Elle observait les bouées en forme de crèmes glacées onduler au rythme des gesticulations des gamins qui se frappaient à coups de frites multicolores. Ils en perdaient leurs bonnets de bain qui venaient flotter dans l'eau comme des méduses. Leurs lunettes de natation collées sur le visage leur donnaient l'air de grenouilles. Chloé allait se hisser sur la plateforme lorsqu'elle se rendit compte qu'elle n'était pas seule. Devant elle, un jeune homme vacillait. Et soudain, Chloé vit en lui son moi terrorisé du passé, quand quelque chose en ce

monde pouvait encore l'effrayer, et elle ne put le supporter. Chloé lui tapa sur l'épaule, et, sursautant, le jeune homme se retourna. Et elle comprit.

« T'inquiète pas, Snoopy-Pierre-Richard-Étienne, il n'y a que du vide en dessous de toi.

— Chloé... Qu'est-ce que tu fous là ? Non, ne réponds pas... C'est... C'est pas le... hum... le moment, là.

— Oh, dans ce cas je passe devant, allez, bye, Ponyo.

— Non ! Me laisse... Me laisse pas tout seul...

— J'aime mieux ça. »

Étienne n'osait pas se retourner et pourtant Dieu seul savait à quel point il en avait cruellement envie, atrocement besoin aussi. Elle lui avait tellement manqué. Ça faisait une demi-heure déjà qu'il avait eu le malheur de regarder ce qui se trouvait en dessous de lui. Il y avait croisé le regard vide d'un homme allongé près du maître-nageur. Les yeux écarquillés, sonné par sa mauvaise chute. Il ne pouvait plus faire un geste depuis. Ça n'arrivait qu'aux autres. Mais si cet autre c'était lui ? Il ne pouvait se défaire de cette image. Cette capacité à s'identifier à tout et à n'importe qui lui pourrissait la vie. Paco avait beau lui répéter que c'était une qualité rare, cet apitoiement constant, cette empathie surnaturelle, Étienne savait bien que personne à part lui

ne voyait cela ainsi. Un crash et il se voyait en survivant de toutes les fois où il avait pris l'avion. Un attentat rendait les terrasses grelottantes. Un AVC possible à chaque instant. Et Étienne pensait, naïvement peut-être, que Chloé pouvait faire disparaître ces sentiments-là.

« Bon. Tu sais ce qu'on va faire ?

— Arrête !

— J'ai encore rien dit !

— Je sais ce que tu vas faire. Tu vas me pousser.

— Moi ? Tu me crois vraiment capable d'une chose pareille ? Je suis outrée... »

Tout en parlant, elle positionna les mains sur ses épaules. Étienne sentit son souffle glacé chatouiller agréablement sa nuque. Elle lui chuchota quelque chose au creux de l'oreille, qu'il ne fut pas sûr de bien entendre.

« Allez, Étienne... Rien ne nous retient, pas vrai ? »

Et elle le poussa dans le vide. Pendant sa chute, il eut le temps de se voir percuter de plein fouet la surface de l'eau, son dos totalement disloqué, ses yeux exorbités quand il verrait ses tripes lui sortir par les trous de nez. Le sang coulant en abondance sur le rebord de la piscine. Cette vision sembla durer des années. Et puis, le bleu finit par l'envelopper. Ses pieds rencontrèrent violemment le fond du bassin. Il s'en servit pour se propulser. Une fois la tête hors de l'eau, il s'empressa

de s'écarter de la zone d'atterrissage pour ne pas se faire percuter par une Chloé euphorique qui sautait déjà dans le vide, riant comme une possédée, ou plutôt une déséquilibrée, qui se serait laissé pénétrer par son esprit rieur d'enfant, le temps d'un courant d'air.

« Tu vois, c'était pas si compliqué. Bon, t'es prêt pour la suite ?

— La... la suite ? »

D'un mouvement de tête, elle indiqua une nouvelle plateforme qui donnait sur une corde accrochée au plafond, seul moyen de rejoindre le petit bassin, loin de l'ivresse des hauteurs, là où tout semblait brisé et où l'on se sentait libre de ne plus appartenir à quoi que ce soit. Au premier abord, rien de méchant, il suffisait de l'agripper et de se laisser balancer un instant avant de se jeter à l'eau. Mais cette simple perspective était au-dessus de ses forces. Chloé sembla percevoir sa peur et prit l'initiative de lui masser les omoplates avec un manque de délicatesse qui ne l'étonna pas, auquel il s'attendait au fond. Il avait l'impression de la connaître depuis toujours et il se détestait de penser cela.

« Mais tu trembles...

— Sans blague...

— On va faire un truc... Et non, je vais pas te pousser.

— Permets-moi de douter légèrement de ta parole... »

Sans vraiment qu'il sache comment ni pourquoi, ils se retrouvèrent dans la position iconique de *Titanic*, Chloé dans le rôle de Jack et Étienne réussit à se détendre un peu.

« Euh... T'es... T'es sérieuse là ?

— Totalement.

— J'aurais cru que tu trouverais ce genre de trucs sacrément niais et comiques.

— Ce qui serait sacrément débile, ce serait de croire qu'on ne peut pas vivre ce genre de moment. De croire que ça n'appartient pas à notre réalité. Tu ne penses pas ? »

Étienne resta silencieux un moment, avant de se cramponner à la corde et de se laisser choir mollement dans le vide. Quand Chloé atterrit à ses côtés, elle lui dit en riant qu'il ressemblait à une anémone géante. Cela le vexa un peu. Ils s'extirpèrent du bassin, promirent de se rejoindre dehors. Lorsque Étienne sortit, il n'y avait plus que le cri déchirant d'un corbeau affamé, petit oiseau squelettique goudronné. Il se rua sur le distributeur de sodas, appuya sur le mauvais bouton, dut se contenter d'un Coca cerise à la place de l'Ice Tea espéré, et s'empressa d'avaler la moitié de la bouteille d'un trait. Il s'écroula dans l'herbe, arrachant quelques brins mêlés de trèfles, de pâquerettes et de liserons pour les fourrer dans ses poches et ferma les yeux. Il ne vit pas Chloé ramasser un nid qui était tombé dans une flaque boueuse pour le remettre

en sécurité, au creux de son arbre. Chloé le rejoignit, les aiguilles de pin coincées dans ses cheveux lui donnant des airs de Christ armé de paquets de crocodiles acidulés, et posa une tête lourde de pensées sur sa poitrine. Elle croqua dans un Kinder Bueno au chocolat blanc, lui racontant qu'elle se sentait mal si elle n'en prenait pas. Que, petite, elle venait ici tous les jeudis après-midi avec son père. Elle lui expliqua qu'après leurs longueurs il sortait de ses immenses poches une barre chocolatée et hurlait « Après l'effort », la laissant toujours compléter par « le réconfort » avant de la faire tourner dans les airs, scandant « Ma princesse de mes nuits, ne t'envole pas trop vite. J'ai encore besoin de toi ». Et elle pouvait sentir l'amour qu'il lui portait la traverser de nouveau lorsqu'elle se trouvait à en remanger. Cacao mêlé de chlore. C'était sa madeleine à elle. Étienne trouva cela terriblement touchant. Il voulut ajouter quelque chose, mais comme elle n'avait pas l'air d'être affectée par son histoire, il décida de changer de sujet. Il hésita un temps. Et puis, il se lança.

« Chloé…

— Oui ?

— En fait, qu'est-ce que tu, enfin pourquoi tu… Bref, tu me… Tu me suis ou quoi ?

— Peut-être… »

Il ne se trompait pas. C'était bien un signe là, non ? Le signe que leur rencontre fortuite devait

déboucher sur plus que ces instants passés à errer ensemble sans but dans les recoins insolites de leur ville, à se croiser sans raison pour simplement respirer le même air, sans rien attendre d'autre que cela. Il n'était pas fou, elle essayait bien de lui faire comprendre quelque chose. Pas vrai ? S'il avait un ami, ou plutôt quelqu'un d'assez extérieur à sa vie à qui parler, ce serait typiquement le genre de choses qu'il lui demanderait. Et l'expérience vacillante de Paco ne pouvait lui venir en aide.

« Tu sais… J'ai pas toujours été comme ça. Je veux dire aussi trouillard. Quand j'étais petit, je venais souvent ici, avec mon père justement. Je sautais quoi, vingt, trente fois d'affilée ? Et regarde-moi aujourd'hui. Putain, tout a changé. Ça me fait peur. On peut rien prédire. Jamais rien ne demeure.

— Trop de choses demeurent à mon avis, bien au contraire. »

Chloé dégagea sa tête du buste d'Étienne pour s'allonger à ses côtés. Elle s'étira longuement, plaça son gilet en dessous de sa tête en guise d'oreiller et Étienne changea de position pour mieux l'écouter.

« C'est toujours le même problème. Faut constamment se mettre en quête d'un putain d'équilibre. C'est peut-être pour ça que je me sens si bien là-haut, tout au bord du plongeoir, à deux doigts de tout foutre en l'air. Y a que là qu'il est incontestable.

— Tu pars pas un peu trop loin, là ?

— Si. Je devrais écrire des livres sur l'interprétation des rêves ou d'autres conneries de ce genre. Je suis sûre que je cartonnerais. »

Le regard soudain voilé, Chloé alluma une cigarette d'un geste mécanique. Elle se tourna vers Étienne. Il se dit C'est important. Il se dit Tais-toi, mon cœur. Je dois tout entendre.

« Oui. Et pourtant, j'ai besoin de cette histoire. De tous ces symboles. Parce que la réalité ne se suffit pas à elle-même. Il faut sans cesse l'investir de rêveries en tout genre. Sans ça, je peux pas avancer. Et en même temps, parfois, je sais que je serais plus heureuse sans ça. »

Étienne ne savait pas quoi répondre, mais Chloé n'avait pas l'air de s'en soucier. Au contraire, elle souriait innocemment, comme attendrie soudain. Il comprit qu'il se passerait du temps avant de la voir aussi vulnérable. Alors, il en profita.

« Dis, ça te dirait, enfin, tu vois, d'aller boire un café un de ces jours. »

Chloé laissa poindre la fossette de son sourire et Étienne se dit qu'il ne l'avait jamais vue aussi belle qu'en ce jour d'enivrement, avec ses genoux écorchés, ses vêtements maculés de terre et de sèves mêlées et les quelques gouttes de sueur perlant sur son front normalement immaculé.

« Un rendez-vous ? Pour nous deux, ça semble un peu trop simple, tu crois pas ? »

Ils restèrent longtemps sans rien dire. Étienne était trop déçu pour avoir le courage de discuter avec elle. Et puis, elle finit par le prévenir que quelqu'un était censé venir la chercher. Et en effet, quelques minutes plus tard, une Citroën orange klaxonna deux fois et Chloé se jeta dans les bras de celui qui en sortit, sans même accorder un dernier regard à Étienne. Il suivit la voiture des yeux jusqu'à ce qu'elle disparaisse, un peu sonné. Il sentit ses poings se serrer lorsqu'il comprit qu'il s'agissait du mec déguisé en policier du carnaval de leur première rencontre. Qu'est-ce qu'elle cherchait au juste ? Il était quoi, lui ? Un putain de bouche-trou, un morceau de chiffon usé et rapiécé à l'aide de chutes de draps décolorés avec qui elle pouvait jouer, un simple abonnement sans engagement ni carte de fidélité ? Une pause au milieu des amants qu'elle collectionnait ? En somme, un gars facile à manipuler et assez triste pour penser que cela ajoutait quelque chose à sa vie de se faire traiter de la sorte. Et, le pire dans tout cela, c'est qu'il aurait tout donné pour rester dans cette situation, si précaire soit-elle, plutôt que de ne l'avoir jamais rencontrée.

Étienne regagna le hall, se rendant compte qu'il avait oublié de renouveler son abonnement. Il s'approcha de l'accueil, mais il n'y trouva qu'un mec chevelu avec un tatouage *la natation dans le sang* et un collier dents de requin en plastique qui, tout en gonflant une grosse bouée

avec son pied, draguait des minettes, comme il les appelait, et leur demandait si elles savaient aussi bien pomper que lui. Étienne aperçut à travers la fenêtre le 892 qui s'approchait de l'arrêt. Il ressortit, se mit à courir, arriva à temps à l'abribus, le cœur palpitant, le souffle saccadé d'avoir trop espéré, mais le bus ne s'arrêta pas. Le prochain passerait dans une heure. Il décida de rentrer à pied. Au bout de dix minutes, il vit le suivant rouler juste à côté de lui. Il ne courut pas après. Étienne considéra qu'il en avait assez fait pour aujourd'hui.

Étienne allait retrouver son frère au square André-Breton pour leur traditionnel vendredi après-midi ensemble lorsqu'il se fit percuter en pleine tête par un pigeon, laissant dans son sillage quelques plumes aux reflets violacés. Cela lui faisait faire un détour considérable de le rejoindre là-bas, mais le parc possédait une installation impressionnante qui faisait rêver les enfants, et Étienne ne voulait pas se priver de ces derniers instants où Paco s'en émerveillerait. Il le chercha des yeux dans le navire corsaire à trois mâts dont les voiles jaunies semblaient pouvoir s'envoler à chaque instant. Sur l'île sableuse, fruit d'un curieux croisement entre un village amérindien et celui d'une tribu africaine, agrémenté de quelques touches d'inspiration orientale. Il le chercha dans le château fort aussi, où une fillette

déguisée en Raiponce avait été attachée à l'aide d'un foulard à une rampe de pompiers et hurlait qu'on vienne la délivrer, que c'était plus drôle, qu'elle n'en pouvait plus et Étienne se demanda si tout cela faisait vraiment partie du jeu. S'il devait intervenir. Il repéra finalement sa bouille ensoleillée sortant droit d'un toboggan en forme de chenille et ses craintes s'envolèrent. Il ne pouvait concevoir que cette petite se faisait bel et bien harceler. Que, quelques années plus tard, on la retrouverait les veines ouvertes, dans sa salle de bains, le regard dépeuplé de lui-même. Et tout le monde se demanderait ce qui avait bien pu se passer pour qu'elle commette une telle atrocité. On répéterait dans un murmure C'est triste, une jeune fille aussi fragile et on ne le savait même pas. Elle aurait pu demander de l'aide, non ? Et tout le monde s'accorderait à dire que, au fond, elle en était la seule responsable et tous se sentiraient plus légers d'un seul coup.

« Alors, comment s'est passée l'école ?

— Comme d'hab. Rien de spécial. Ah si. Dans deux semaines, y a un policier qui va venir nous présenter son métier. C'est le père de Roxane. Ça va être cool.

— C'est bien ça. On y va ? On a plein de choses à faire. Maman est là ?

— Non.

— Attends, tu veux dire qu'elle t'a laissé seul ? »

Paco pointa du doigt leur beau-père qui lisait un exemplaire des *Inrocks* les jambes croisées sur un banc, portant de temps en temps sa cigarette électronique à ses lèvres, recrachant une vapeur de thé Earl Grey dans l'atmosphère. Étienne avait pris l'habitude de l'appeler Ernesto Perfecto, il ne se souvenait pas vraiment quand ça lui était venu. C'était une espèce de caricature de lui-même. Conseiller en communication dans une boîte de bougies parfumées très prisées sur le marché, il était toujours présent pour Paco, que ce soit pour tenter de nouvelles recettes de crêpes à la fleur d'oranger, pour l'aider à réviser sa récitation de *Chanson d'automne* ou encore pour le consoler après une dispute avec ses amis à cause d'une partie d'attrape-fille qui avait mal tourné. Et au fond, Étienne en voulait à son frère d'avoir un substitut de père, lui qui était maintenant trop vieux pour qu'il s'intéresse à lui. Tony Marrel, le père de Paco, un beau parleur qui ne cessait de tromper leur mère dès qu'elle avait le dos tourné et qu'elle s'était coltiné cinq bonnes années, ne l'avait jamais apprécié. Il faisait trop pédé apparemment pour son goût. Ça faisait bien rire sa mère. Paco, beaucoup moins. Et il ne parlait même pas de son propre père avec qui il n'avait pas échangé une parole depuis le procès, il y avait dix ans de cela. Il le croisait bien de temps en temps lors de ses errances dans les rues du centre-ville, mais sitôt qu'il repérait

son dos voûté, il s'éclipsait le plus vite possible. Ça lui rappelait ces marchés de décembre où il évitait à tout prix le père Noël, se cachant derrière les maisons de pain d'épices dégoulinantes de peinture coagulée, sous les stands de saucissons fourrés aux éclats d'amande ou encore parmi les membres de la chorale de l'église Saint-Patrick-Sébastien-de-La Vallée. Il n'aurait su expliquer pourquoi le fait que ce géant du Nord puisse lui donner un sucre d'orge le terrifiait à ce point. Peut-être que sa mère l'avait trop de fois mis en garde contre des inconnus de son genre et leur camionnette. Étienne aimait se rassurer en se disant que tout comportement de sa part était déchiffrable, décortiquable. Qu'il suffisait juste de creuser un peu dans son passé, de trouver ce qui pourrait s'apparenter à un élément déclencheur pour comprendre ce qu'il croyait ne jamais pouvoir expliquer. Il aimait se conforter dans cette illusion depuis toujours et il n'était pas encore prêt à accepter qu'on ne pouvait rien contrôler. Étienne ne s'étonna pas de ne pas voir sa mère. On dit souvent jamais deux sans trois mais pour elle, le troisième avait bien été le bon. Depuis qu'elle était heureuse, Étienne ne l'avait jamais aussi peu vue. À croire qu'il était synonyme des nuits passées à la consoler dans la salle de bains et qu'il porterait toute sa vie le poids de cette douleur.

« Bon. Qu'est-ce qu'on fait ?

— Je pensais aller au cinéma mais en fait finalement c'est bon.

— Tu veux dire que t'as vu celle que tu voulais voir ?

— Comment tu sais ? »

Étienne dévisagea Paco qui avait pris son air de sage perché en haut d'une montagne sacrée perdue dans un nuage de volupté. Quand cela arrivait, il en venait presque à oublier son âge.

« J'ai deviné. Tu veux pas autant aller au cinéma d'habitude. Et t'es bizarre en ce moment. C'est comme ça que ça fonctionne.

— Quoi ?

— L'amour. »

Étienne se rappelait ce que ça faisait d'avoir dix ans, de penser être beaucoup plus grand que ce que les autres imaginaient et d'être persuadé qu'on était proche d'une forme de vérité. Étienne lui tendit machinalement un nouveau paquet de figurines surprises, fixa un couple, jambes entremêlées, qui se galochait sur un banc rouillé planqué derrière un buisson d'aubépine et se demanda s'il connaîtrait un jour cette bulle dans laquelle ils semblaient évoluer. Comme si plus rien d'autre ne comptait réellement que leurs corps enlacés. Et, alors qu'il se sentait observé une fois de plus – cela lui arrivait fréquemment ces derniers jours –, il se dit que ce type d'amour ne pouvait pas vraiment exister.

Du moins, pas sans elle.

« J'ai eu le mage du crépuscule.

— Ah mince, tu l'avais déjà non ?

— Pas grave. Des jumeaux, c'est trop classe de toute façon. On va où ? »

Étienne se demandait encore qui était ce faux policier pour Chloé. Ce qu'ils étaient réellement l'un pour l'autre. Un amour refoulé. Un ami flou. Un petit copain. Non, cela, Étienne ne put l'envisager.

« Hein, Étienne, on va où ? »

Il ne savait pas vraiment de quoi, mais Étienne avait l'irrésistible et violent besoin de se venger. Il fouilla dans sa poche trouée et tomba sur la carte que lui avait offerte son grand-père pour son non-anniversaire. Et l'idée fit son chemin.

« Ça te dit d'aller écouter un peu de musique ? »

Le studio avait été ouvert par la municipalité pour relancer la vie culturelle de la ville, lui redonner un semblant de dynamisme. Mais, très vite, un gang de dealers en avait fait son quartier général, et tout était parti en couille. On avait dû rendre la salle payante. Maintenant, un vague professeur était toujours dans le coin et donnait des leçons à l'occasion à quelques filles qui bossaient leurs partitions entre deux cours, entre deux heures de taf. Étienne montra sa carte à l'accueil, son passe lui permettant d'amener avec lui jusqu'à deux personnes, mais Paco lui dit que lui

ne voulait pas entrer. Qu'il préférait faire autre chose. N'importe quoi.

« T'aurais pas pu le dire avant ?

— Je te l'ai dit mais tu m'écoutais pas.

— T'as pas dû parler assez fort.

— De toute façon c'est toujours comme ça.

— Comment ça ?

— Quand t'as décidé quelque chose, c'est terminé. Tu t'en fous de tout le monde. »

Étienne recula légèrement, comme s'il pouvait prendre de la distance sur sa propre vie de cette façon, comprendre à quel point son frère disait vrai. Dehors, une femme de son âge les observait en tripotant le ruban de sa natte qui tombait nonchalamment sur son épaule nue, une Corona à la main. Son étui à violon dans le dos.

« N'importe quoi.

— Bien sûr que si. Avec papi c'est pareil. Tu sais bien que lui ne veut pas revoir mamie. Et elle non plus. Alors pourquoi tu forces ?

— Parce que je sais très bien qu'il n'y a qu'elle qui peut le sauver. Et puis, oublie ça, ça te concerne pas, tu...

— Je comprendrai quand je serai grand, c'est ça ? »

Ses épaisses lunettes de plastique rouges semblèrent se couvrir subitement de buée et de larmes. Paco se retourna une dernière fois avant de s'enfuir, affolant une nuée de moineaux sur son passage d'enfant effondré.

« C'est ça que tu allais me dire, hein ? »

Étienne se rappela soudain à quel point Paco détestait qu'on lui assène cela lorsqu'ils habitaient encore ensemble. Toutes ces fois où il l'avait cherché dans la résidence où ils vivaient avec leur mère et son père, lorsqu'il lui hurlait de dégager de là, de rester hors de leurs problèmes d'adultes. Il se souvenait du rond-point où il avait l'habitude de le trouver, une couverture parsemée de moutons cotonneux sur le dos en hiver. Un paréo Bob l'éponge acheté dans une station-service posé sous ses fesses en été. Étienne s'était promis de ne plus jamais le voir dans cet état de pur effritement, de ne jamais être le père de ses larmes. Et voilà que ce fantôme revenait le hanter. Étienne s'apprêtait à partir à sa poursuite, mais la femme qui n'avait rien perdu de la scène lui balança son violon. Étienne le rattrapa par il ne sut quel miracle. Il la détailla un instant. Ses yeux vert absinthe étaient légèrement embrumés d'alcool.

« Salut. Tu peux me garder ça, s'il te plaît ? Je veux aider. »

La jeune femme le rejoignit facilement, ce qui lui laissa penser que Paco souhaitait se faire rattraper, qu'il avait besoin qu'on se penche vers lui en lui caressant doucement la tête, qu'on murmure des paroles réconfortantes à ses oreilles d'elfe blessé. Étienne se posa sur un banc non loin d'eux et, sortant un chewing-gum à la myrtille de la poche de son jean, se mit en tête

de lire les *Christine et son king forever*, les *Mort aux judéo-islamo-gauchistes pédérastes* et les *Nina est une grosse pute signé C* qui y étaient gravés. Étienne observa cette fille aux cheveux noirs teintés de reflets bleus, ses lèvres gercées, ses grains de beauté parsemant son cou. Il se demanda s'il la connaissait. S'ils s'étaient déjà croisés. Il s'en serait souvenu. Soudain, il comprit que Paco s'était calmé, revenant doucement vers lui, il lui marmonna qu'il allait rentrer tout seul. C'était pas loin, après tout. En le suivant du regard pour s'assurer qu'il prenait la bonne direction, Étienne ne s'était pas rendu compte que la jeune femme s'était volatilisée. Il entra dans le studio. Il ne voyait pas d'autre endroit où la chercher. Tête baissée, il avisa d'un œil désintéressé le piano droit qui prenait la poussière près d'un mur attaqué par l'humidité, la vieille batterie rouge sang et les quelques guitares multicolores qui y étaient entreposées. Tout cela surveillé par un joyeux trentenaire au pas énergique qui avait pris une grand-mère à l'air perdu sous son aile, lui remettant un ukulélé hawaïen comme si c'était là l'objet le plus précieux que cette terre pouvait porter. Étienne l'aperçut soudain assise à une table bancale dans le fond. Elle était penchée sur ses partitions et remettait nerveusement en place la bretelle de son soutien-gorge. Elle releva la tête, dévoilant l'étoile qu'elle avait dessinée au crayon noir sur sa tempe. Elle sembla surprise

de le voir là. Comme si elle ne s'attendait pas à ce qu'il veuille lui parler. Il la rejoignit et, évitant son regard, lui demanda comment elle avait réussi à calmer son frère.

« Pour être honnête, je ne sais pas trop… C'est juste que je ne pouvais pas le laisser comme ça. Désolée si j'ai pu paraître bizarre…

— Excuse-moi, mais ta voix me dit quelque chose… On se serait pas déjà rencontrés ? Et c'est pas une technique… Euh, une technique de drague foireuse hein… Enfin… Bref. Je m'appelle Étienne. »

Elle s'arrêta quelques secondes, l'air de se demander si elle était bien réveillée. Elle cligna rapidement des cils, avec des airs de princesse de contes de fées. Et elle finit par lui sourire, et Étienne sentit son cœur s'accélérer légèrement.

« Coralie. Je m'appelle Coralie. »

8

Ils se serrèrent la main solennellement, comme s'ils sentaient qu'ils auraient besoin de préciser ce moment plus tard, de le visualiser totalement, lorsqu'il n'y aurait plus rien à faire que s'emplir de souvenirs décolorés en fixant l'horizon. La peau de cette fille était d'une telle douceur. Étienne se dit qu'il n'avait jamais touché une texture pareille et il regretta de ne pas pouvoir rester ainsi plus longtemps.

« C'est la première fois que tu viens ici pas vrai ? Attends, je devine, t'es pianiste c'est ça ?

— Comment tu…

— Ouah ! Je pensais vraiment pas deviner. Vraiment pas. »

Étienne se rendit soudain compte qu'il ne lui avait pas rendu son violon. Il le déposa contre le mur mais elle non plus ne sembla pas s'en souvenir. Elle avait une peluche de son pull en laine sur la clavicule, et cela le déconcentra.

« Tu connais *Petit mari, petite femme* de Fauré ? Tu voudrais bien m'accompagner ? Ça

fait longtemps que je veux tester ce morceau, mais il est à quatre mains… Et, tu sais, des pianistes, t'en as pas des masses ici. Bref, je parle trop, on joue ?

— Euh… Mais, tu sais moi je…

— Ne t'inquiète pas, je suis bon public. Et puis, je suis sûre que t'es meilleur que tu ne le penses. Si tu te sens rouillé, tente quelque chose avant. Pour que ça revienne. »

Et Étienne joua, les mains poisseuses et maladroites, et il essaya de ne pas paraître perturbé par son regard dans son dos, espéra que son trouble ne s'était pas entendu dans son jeu. En vain. Il sursauta lorsque Coralie le rejoignit. Il pouvait sentir sa hanche se presser contre la sienne par moments, au rythme de la musique. Il finit par se détendre. Il se dit qu'ils étaient bien, là. Que cela lui avait manqué de jouer avec quelqu'un. Et Étienne eut soudain honte de ce qu'ils faisaient, là, ensemble. Chloé ne cessait de lui revenir par flashs, et c'était con, mais il ne pouvait pas s'empêcher de se dire qu'il la trompait. Quand ils eurent fini, Coralie lui tapa sur l'épaule en lui disant qu'ils avaient encore du boulot, mais que c'était déjà pas mal. Qu'il pouvait être fier de lui. Elle rassembla en vitesse ses partitions froissées pour les fourrer dans son étui à violon et lui proposa d'aller boire un café. Et Étienne accepta, sans vraiment réfléchir. Ils sortirent du studio, et Étienne remarqua soudain qu'elle se faisait

souvent bousculer par les passants. Il se reconnut en elle. Elle s'arrêta subitement alors qu'elle passait devant le banc où était installé Charlie. Elle sortit un sandwich au poulet tandoori de son sac et le lui tendit. Il le prit de ses doigts couverts de peinture et inclina sa tête pour la remercier. Personne ne savait s'il était capable de parler. Du plus loin qu'Étienne s'en souvienne, Charlie avait toujours été là, occupait depuis toujours le statut du peintre de la ville. De l'artiste par excellence. C'était ainsi qu'il le voyait. Et ce n'est que plus tard qu'il comprit que Charlie ne rentrait jamais chez lui. Et qu'il n'en avait pas.

« On a qu'à aller là. C'est très sympa. Des fois, y a des groupes qui viennent jouer le soir. Tu connais ?

— Non. Enfin, pas vraiment.

— Chouette alors. Je suis contente de te faire découvrir un endroit. »

En cet instant, elle avait le même air que les enfants qu'il recevait au magasin, lorsqu'on leur donnait le feu vert pour acheter ce dont ils rêvaient. En entrant dans le café, Étienne lui dit à quel point il avait trouvé son geste honorable. Honorable et charmant. Elle lui répondit que ce n'était pas grand-chose. Que tout le monde pouvait le faire. Oui. Tout le monde. Étienne ne put retenir un sourire. Il avait un faible pour les gens humbles. Elle commanda un chai latte. Lui un chocolat chaud. Elle lui dit qu'elle trouvait

sa commande mignonne. Cela le fit rougir. En attendant leurs boissons, ils parlèrent de leur haine commune pour le clavecin, de la pureté des chants grégoriens, de la beauté des nocturnes de Chopin. Ils parlèrent de la cathédrale engloutie, des pas dans la neige de Debussy, des musiques des films de Miyazaki. De Mylène Farmer aussi. Et Étienne sentit une étincelle parcourir son cœur. Il se dit qu'il avait été stupide de tout arrêter. Qu'il était doué pour la musique. Et qu'il allait retenter. Avec elle, il pourrait y arriver, il le sentait. Sans transition, elle lui confia qu'elle était parfois assaillie par un désir de fuite. Qu'elle se voyait un jour partir pour ne plus jamais revenir. Il lui répondit que ce serait dommage. Qu'ils ne pourraient plus jamais se voir si elle s'en allait. Il commençait à faire nuit lorsqu'elle lui proposa de revenir samedi au studio. Pour s'entraîner.

« Tu veux dire, la semaine prochaine ?

— Euh, oui. Ça te tente ? »

Le fait de prendre un rendez-vous avec une fille qu'il venait de rencontrer lui semblait totalement incongru. Étranger à lui-même. En acceptant, Étienne se demanda ce qui n'allait pas bien chez lui pour qu'il se fasse une telle réflexion. Et puis il décida de s'en foutre.

9

« Étienne ? Tu peux me rendre un service ?

— Papi… Qu'est-ce que c'est que ça… »

Dans l'appartement, une sorte de serpillière géante se trémoussait joyeusement sur le parquet recouvert de croquettes écrasées, sauta sur le canapé qu'elle avait déjà déchiqueté par endroits et menaça de faire tomber la cage de Cosmos. Dans la torpeur qui était la sienne, il n'avait pas remarqué que la perruche ne chantait plus depuis des jours.

« Bah. C'est Balkany. Notre chien. Tu vois pas ? »

Alain, dans son pyjama panda, le caressa d'un air entendu.

« Balkany ? Attends, tu as réellement acheté…

— Volé.

— Encore pire, mon Dieu, volé un chien et tu l'as appelé Balkany ? C'est ça que t'es en train de me dire ?

— Bah oui. C'est très bien, Balkany. C'est quoi le problème avec Balkany ? Étienne, qu'est-ce qui ne va pas ? C'est une fille, c'est ça ?

— Non !

— Un garçon alors ? Dis, tu pourrais lui demander de garder Balkany ce week-end ?

— Rahh, juste arrête tu veux. Je vais ramener... Balkany chez lui. Passe-le-moi. Heureusement qu'il y a marqué son adresse sur son collier... »

Lentement, Alain sembla se vider de lui-même. Il regagna sa fenêtre d'un pas lourd et Étienne sut qu'il ne servait plus à rien de lui dire quoi que ce soit. Il sortit, suivi de Balkany qui s'était curieusement éteint lui aussi. Étienne hésita un instant puis se dit qu'il allait passer par la Roseraie, le parc juste à côté de chez lui. Ça faisait un détour, mais c'était plus agréable. Il pensa à Coralie. À leurs séances au studio qui étaient très vite devenues un rituel. Tout s'était fait si naturellement. C'était si reposant. Si simple. Il avait l'impression de progresser avec elle. Il était en train de se demander quel morceau il pourrait lui proposer, lorsqu'il aperçut Charlie et ses yeux de glace qui frottait ses mains sur son jean troué couvert de peinture. Quelqu'un posait pour lui dans un cerisier en fleur. Étienne n'avait pas mis ses lentilles, il ne voyait pas son visage. Et pourtant il devina.

« Hey ! Étienne ! Je t'avais bien dit, les rendez-vous, c'était pas pour nous. »

10

Du haut de son arbre, Chloé surplombait l'ensemble de la Roseraie, et c'était comme si une maquette géante s'étalait à ses pieds. Tout s'offrait à elle. Le vieux kiosque investi par des gamins armés de skates, qui enchaînaient les chutes et se relevaient sans broncher. Le lac criblé de camélias sur lequel une petite fille avait déposé un bateau miniature qui se mit à couler sous le poids de la multitude de cailloux disposés harmonieusement par ses petites mains, en guise de bagages imaginaires. Des vieilles faisant leur jogging et se racontant hilares Dieu savait quelle histoire de famille, l'air si heureuses de vivre, du simple fait d'être. Et, alors qu'elle crut reconnaître la silhouette d'Étienne poussant la grille du parc, elle se demanda si elle pourrait un jour leur ressembler. S'il lui faudrait attendre toutes ces années pour y arriver. Si elle survivrait jusque-là. Une fois qu'elle fut sûre que c'était bien lui, elle se laissa tomber et, fermant les yeux doucement, apprécia cet instant où tout pouvait

disparaître l'espace d'un moment figé dans le vent. Dans sa chute, son cardigan s'accrocha à une branche particulièrement acérée, une lame de rasoir cachée dans un bol de dragées. Chloé remarqua qu'il s'était déchiré au niveau de sa hanche lorsqu'elle atterrit à quelques centimètres d'Étienne. Il fuyait son regard, c'était évident, et elle essaya de faire comme si elle s'en moquait. Éperdument. Fixant des amoureux enlacés contre un prunier cabossé, il bredouilla que c'était quand même bizarre de se croiser tout le temps comme ça.

« C'est une petite ville. On croise toujours tout le monde. Tu ne fais juste pas attention aux inconnus.

— Parce que je devrais ?

— Étienne-Pierre-Richard-Snoopy, tu n'es plus que déception à mes yeux. Ça va, tu tiens le coup ?

— Ça va. J'ai... J'ai l'habitude. Aha. »

Étienne semblait perdu dans ses pensées, totalement étranger à leur réalité, à ce présent où ils étaient ensemble et heureux de l'être et pourtant, pourtant Chloé voyait bien qu'il allait mal, que quelque chose en lui ne s'était pas emboîté, qu'il manquait quelques rouages à sa mécanique. Elle aurait aimé l'aider, lui dire ce qui l'apaiserait, ce qu'il rêvait d'entendre depuis tant d'années et que personne n'avait été en mesure de formuler dans un langage compréhensible. Mais elle

ne savait pas faire ça. À la place, elle lui intima l'ordre de regarder ce que Charlie avait peint durant ces longues heures de rupture du temps. Étienne contempla le cerisier qui s'était transformé sous ses coups de pinceau en un érable chargé de feuilles rouge sang. Des écureuils crevés et des poupées détrempées étaient pendus à ses branches recouvertes de champignons vénéneux. Au centre, Charlie avait représenté une Chloé de porcelaine, le visage troué par endroits, son corps à peine caché par un haillon dévoré par les mites. Des fleurs fanées plantées dans ses cheveux. Chloé tira sur la clope de Charlie et elle se dit qu'il avait totalement changé de style depuis la dernière fois qu'elle l'avait vu dans l'hiver. Et c'est à ce moment précis qu'elle remarqua qu'Étienne n'était pas seul.

« Alors. Tu me présentes ton ami ?

— Tu veux dire Balkany ?

— Étienne, ta manière de dire Balkany est la chose la plus mignonne au monde. Pas vrai, Charlie ? »

Charlie hocha la tête et se mit à peindre un couple d'enfants jouant au Uno sur une nappe de pique-nique et Chloé se demanda à travers quel filtre il voyait le monde pour qu'il les fasse apparaître aussi menaçants sur sa toile. Deux chérubins oubliés que la nature devait souiller.

« Non, mais en fait, c'est pas vraiment mon chien. Mon grand-père l'a volé et…

— Ah. Cet homme m'intéresse.

— Il y a de quoi, crois-moi. Dis… Tu… euh, tu veux bien m'accompagner ? Enfin, t'es pas obligée, je veux dire je me dis que 67, rue des Arpenteurs, c'est pas hyper loin… »

Chloé se mit en route sans lui répondre et elle fut satisfaite de constater qu'il la suivait bien, qu'elle avait encore un peu de pouvoir sur lui. Elle pensa au café que le professeur Martel et elle devaient prendre cet après-midi, à leur conversation tant espérée. Il représentait tout ce qu'il y avait de plus stable dans sa vie. Elle avait la curieuse impression qu'elle n'avait jamais vécu sans lui. Qu'il était devenu son point d'ancrage quand elle partait sans cesse à la dérive. Elle n'avait plus l'impression de ne pas être à sa place aux côtés des autres étudiants grâce à lui. Elle était importante à ses yeux. Et cela la flattait malgré elle. Ils se voyaient toutes les semaines. Parfois plus. Nina lui avait dit de ne surtout pas y aller. Et c'est précisément pour cela qu'elle s'y rendait. Très vite, Étienne et Chloé se trouvèrent devant un HLM fraîchement rénové, on pouvait apercevoir un potager sur le toit de l'immeuble et même des panneaux solaires au pied d'un pommier. Chloé chercha les Malinovski parmi les étiquettes jaunies de l'interphone et prit la main d'Étienne pour appuyer dessus. Instantanément, une voix d'homme les engloba et Chloé se dit qu'il avait attendu toute la journée ce moment.

« Bébé ? C'est toi ?

— Si ta copine est une rousse un peu psycho sur les bords toujours fourrée avec une espèce de croisement entre Eddie Redmayne et Timothée Chalamet alors oui c'est moi. Il y a quelqu'un avec toi ?

— Putain. Si c'est encore ces Témoins de Jéhovah…

— L'idée que vous avez de ces gens-là me plaît beaucoup, mais non. On a quelque chose pour vous.

— Hein ?

— Je disais qu'on avait votre chien.

— Oh putain. Vous êtes qui ? Comment vous m'avez trouvé ?

— Le collier de votre chien ? Avec votre adresse et votre nom marqués dessus ? À tout hasard, bien sûr.

— Oh le con. Mais quel con…

— Bien sûr. Mais là n'est pas le sujet. »

Le grésillement résonna longtemps, trop pour Étienne à en juger par les petits pas de danse qu'il commençait à effectuer, sorte de sorcier vaudou pris d'une envie pressante, avant de cesser brusquement.

« Ah ouais. Il nous la joue comme ça. Il va voir de quoi je suis…

— Chloé, je crois que sur ce coup-là, il vaudrait mieux que ce soit moi qui m'en charge. »

Chloé s'éloigna en pestant, s'approchant de Balkany qui avait trouvé un porte-monnaie par

terre et refusait de le lâcher, tout en gardant un œil sur Étienne qui rappelait à l'interphone.

« Putain, mais qu'est-ce que vous voulez encore ?

— Vous ne voulez pas nous ouvrir ? Votre chien a vraiment envie de vous revoir.

— Mais t'es autiste ou tu le fais exprès ? Gardez-le ce putain de clebs.

— Quoi ?

— C'est pas compliqué à comprendre. J'en veux plus de cette saloperie.

— Mais... On en fait quoi nous ?

— Mais tu te démerdes, mon gars. J'sais pas, tu le donnes à la SPA, ou au premier restau chinois que tu croises. J'en sais rien, mais barrez-vous. »

Chloé s'approcha pour sonner de nouveau, sa bouche tordue par la colère, proférant des insultes à faire se flinguer n'importe qui mais Étienne l'entraîna de force vers la Roseraie. Il la conduisit jusqu'à un banc, lui proposa d'observer Charlie qui exposait ses toiles, les yeux humides de fierté, pour se changer les idées.

« Bon, maintenant que tu t'es calmée, tu penses avoir trouvé ce qu'on doit en faire ? »

Chloé alluma une cigarette, le regard perdu vers le large qui ne lui semblait jamais assez loin.

« J'en sais rien. »

Elle s'en voulait d'avoir l'air si troublée. Elle savait bien que ça se voyait sur sa gueule. Que n'importe qui pouvait lire en elle. Elle allait

se brûler discrètement la main avec sa clope lorsque son visage s'illumina.

« On se casse.

— Quoi ?

— J'ai dit on se casse. Tu vois pas là ?

— Mais quoi ?

— Il lui parle. »

Chloé pointa son doigt vers Charlie qui s'était lancé dans une grande discussion avec Balkany sur les différentes nuances de bleu qui existaient sur terre. Tous deux se dirigèrent vers la sortie du parc doucement, comme s'ils pouvaient briser cette scène au moindre geste trop brusque. Alors qu'elle avait passé la barrière, Chloé se retourna pour attendre Étienne qui s'était attardé pour renvoyer le ballon à une fillette en maillot du PSG.

« Allez, Peter Pan, t'auras le temps de jouer quand on élèvera nos enfants. »

Ils s'engouffrèrent dans la rue Bonaparte en silence et Chloé agita sa main devant le visage d'un Étienne déboussolé, songeur, un peu triste aussi.

« Étienne, dis, Étienne ? Je me demandais, c'est quoi ta dystopie du moment ? Ou ta comédie musicale intérieure ?

— Chloé, tu sais, je n'ai pas encore appris ton langage...

— Pas grave. »

Les épaules de Chloé s'affaissèrent avec une telle force qu'elle se dit que c'était impossible

qu'Étienne ne remarque pas à quel point elle était déçue. Car elle s'attendait à ce qu'il la comprenne, comme toujours jusque-là. Elle lui aurait raconté que la sienne était composée d'une pièce blanche, où ceux qui ont laissé tomber un de leurs proches devaient réanimer un mannequin en décomposition, administrant un massage cardiaque en cadence pendant quelques décennies. Du moins, c'était la dernière qu'elle avait imaginée. Elle les notait toujours dans son carnet. Qui sait, ça pourrait lui servir un jour. Mon cul.

« Dis. En fait, je crois qu'on va devoir transgresser notre règle ultime.

— Tu veux dire se donner un rendez-vous ?

— Ah ! Tu vois quand tu veux !

— Oh tu sais, mon traducteur se met en route, doucement mais sûrement.

— T'inquiète, Norbert Dragonneau. On a toute la vie devant nous. »

Chloé se plaça sur une plaque d'égout qu'on devinait avoir été forcée plus d'une fois, elle aurait parié qu'il suffirait d'essayer de la soulever pour le faire. Et elle avait raison.

« Demain soir. Minuit. Ici, précisément. Sois pas en retard. Je ne te pardonnerai jamais sinon. Je peux compter sur toi ? Ne réponds pas *toujours*. Sinon je t'encule par la narine.

— T'es toujours aussi poétique ?

— Et toi, toujours à passer du bégaiement le plus total à une assurance royale sans pression ? »

Et Chloé regretta tout ce qu'elle avait dit. Elle sentit qu'elle avait touché une corde sensible. Alors elle se barra. Elle courut. Tomba. Ne se releva pas. Elle continua finalement. Merde. Merde. Merde. Elle se détestait. Putain de bordel de merde. Quelle conne. Pourquoi je suis comme ça. Pourquoi je ferme pas ma gueule. Toujours là pour foutre la merde. Toujours là pour briser ceux que j'aime. Je comprends pas. Je croyais qu'être moi-même me calmerait. Que quelque chose se réparerait à l'intérieur de moi, que des fils se recoudraient. Qu'être véridique ferait taire toutes mes peurs. Je les ai étouffées. Je les ai bouffées, ces putes. Être constamment terrorisée par tout me donnait envie de me frapper. De prendre un couteau de cuisine et de m'entailler avec. Je m'étais promis, bordel, promis de ne plus avoir peur. De me laisser porter, de ne plus rien calculer, pour ne plus jamais avoir cette putain d'impression de vivre à moitié. Cette existence à demi vécue, c'était bien elle qui me brisait, elle qui me donnait l'impression que je pourrais sauter dans le vide sans réfléchir, elle qui me poussait à me rouler en boule sur mon lit pour tenter de faire taire quoi, je ne savais pas. C'était bien ça qui me fracturait. Pas moi. Pas mon vrai moi. Celui que je croyais retenir prisonnier en moi et que j'arborais dignement sans jamais me poser de questions. Et ça me faisait un putain de bien. Alors, alors, pourquoi reviennent-elles maintenant,

alors que je suis enfin celle que je devrais être, cette fille qui se contente de ne plus rien retenir, qui ne fait que tout libérer constamment et qui a enfin l'impression d'avoir le droit d'être fière d'elle ? C'est quoi ça, bordel. J'ai peur. Peur de ce que je peux faire. J'ai passé ma vie à me tourmenter, à m'inquiéter de ce que je pouvais devenir, de ce que je serais peut-être capable de faire un jour. Alors, je me suis renfermée. Je me suis éteinte jusqu'à en mourir. J'étais persuadée que tout lâcher me rassurerait, me montrerait que même au paroxysme de l'authenticité, j'étais toujours quelqu'un de bien. Je me trompais. Lourdement. Et elle revient d'un coup. Elle qui s'était transformée en rage contre le monde entier et qui me donnait la force de continuer, elle se retourne contre moi. À nouveau. Comme au bon vieux temps. Elle est là, je la sens près de moi. Elle me dit fonce dans un mur. Mets ta main sur cette plaque chauffante. Gifle-toi un bon coup, pauvre conne. Je ne le fais jamais. Enfin, du moins, pas souvent. Pas dernièrement en tout cas. Mais le simple fait d'en avoir si terriblement envie me soulève le cœur. Car je vois bien que cela m'appelle, que j'en ai cruellement besoin et que ça me transperce d'éprouver cela. Alors, juste tais-toi. Laisse-moi. Va-t'en. Tais-toi. Tais-toi. Tais-toi, tais-toi, tais-toi, tais-toi, tais-toi, tais-toi, tais-toi, tais-toi, tais-toi, tais-toi, tais-toi, tais-toi, tais-toi, tais-toi, tais-toi, tais-toi, tais-toi, tais-toi, tais-toi,

tais-toi, tais-toi, tais-toi, tais-toi, tais-toi, tais-toi, tais-toi, ferme ta gueule putain. Va jouer ailleurs. Je veux plus de toi. J'ai plus besoin de toi pour me sentir exister. Plus besoin de toi pour croire que j'ai de l'importance. Je ne me conforte plus dans ma douleur. Je veux retrouver l'émerveillement, je veux faire cet effort, alors casse-toi putain. Je te sens encore. En fait, je ne t'avais jamais perdue, je crois.

« Chloé ? Vous allez bien ? »

Chloé regarda autour d'elle. Quelques voitures roulaient dans les rues du centre-ville. Elle se trouvait près d'un café à la devanture rose pastel presque vide et elle se rendit compte de la présence du professeur Martel qui se tenait là, juste devant elle, à la secouer vivement comme si de l'arbre vivant qu'elle était pouvaient tomber les fruits de son étourdissement.

« Oui. Oui, oui. Je vais bien. Bon, on y va ? »

Chloé s'engouffra dans le coffee shop *Love everywhere*, et une odeur de clémentine, de café torréfié et de sucre roux emplit son cœur. Elle savait que ce lieu ne tiendrait pas longtemps. Les gens avaient beau râler de ne rien avoir dans leur ville, dès qu'une librairie, un concept store ou un restaurant gastronomique ouvrait dans leur rue, il faisait toujours long feu. Le professeur Martel commanda avec sa voix chantante de politesse un cappuccino latte soja, Chloé un lait spéculoos

recouvert de chantilly et de copeaux de chocolat blanc. Elle sortit son carnet de notes vierge de sens, une forêt tropicale touffue de pensées dégoulinante d'humidité, mais le professeur Martel posa une main moite sur la sienne et lui intima l'ordre de le ranger.

« Je croyais qu'on devait parler du livre ?

— Non. Le fait que tu l'aies lu me suffit. Ça t'a plu ?

— Quelle question… Vous avez d'autres conseils ?

— J'espérais que tu me dises cela. »

Le professeur Martel sortit de sa besace *Le Jardin arc-en-ciel*, *La Couronne verte* et *Ici n'est plus ici* et observa nerveusement Chloé lire attentivement les quatrièmes de ce silence que l'on sent si désireux de se briser.

« Tu sais, je sais bien à quoi tu penses. Je sais à quel point cette situation peut te paraître… étrange. Mais crois-moi, je suis juste heureux de partager les livres que j'aime avec quelqu'un susceptible de les apprécier. Rien d'autre. »

Chloé hocha la tête et essaya de se rappeler depuis quand ils se tutoyaient, de comprendre comment ils en avaient pu en arriver là sans qu'elle s'en aperçoive. Elle remarqua soudain que les yeux du professeur étaient vairons. Elle captait pour la première fois cette légère différence dans le vert. L'un était aussi vaseux et voilé que le fond d'une rivière brassée par des corps

en été. L'autre évoquait plutôt un après-midi passé à rêver à l'ombre d'un oranger, une prairie synthétique s'étalant comme une immense nappe de pique-nique sous nos pieds.

« Alors, Chloé, tu as des problèmes dans ta vie ?

— C'est quoi, cette question ?

— Excuse-moi. Je rectifie. Quels sont tes problèmes ?

— Vous savez. Les dilemmes habituels. Est-ce que je mange chinois ou japonais ce soir ? Est-ce que je sèche encore une fois le latin ? Est-ce que la vie vaut la peine d'être vécue ? Ce genre de choses.

— J'espère qu'il y a quelqu'un dans ta vie qui se rend compte à quel point tu es exceptionnelle.

— Vous êtes facile à impressionner, aussi.

— Il est vrai. Et pourtant, je ne le suis pas souvent. »

Pourquoi se sentait-elle troublée comme ça tout d'un coup ? Chloé s'était pourtant promis de ne plus se servir du regard des autres pour juger de sa propre valeur.

« Dites. Vous avez vraiment fait tout ce chemin pour prendre un café ?

— Non. En fait, j'habite à deux pas. Eh oui, je n'ai pas pu m'échapper tout à fait d'ici.

— Qu'est-ce qui vous retient ? Je veux dire à part la concentration assez spectaculaire de faits divers sordides ?

— Mon fils. Il a eu un accident qui l'empêchera à jamais de marcher. C'est une manière

pour moi de connaître ce qu'il vit. C'est pitoyable, je sais.

— Pourquoi vous me dites ça ?

— Parce que rien de mieux qu'une inconnue pour se confier. »

Elle eut une pensée pour Étienne. Et soudain, elle ressentit l'étrange envie de tout lui raconter. Marc. Ses parents. Elle. Tout ce qui l'engloutissait. Et elle se rendit compte que, au fond, elle avait déjà commencé. Qu'Étienne serait à jamais le seul avec qui elle pourrait partager une part d'elle-même, celle qu'elle ne supportait plus. Le professeur Martel se leva pour payer. Chloé n'avait plus la force de protester. Elle avait l'impression que quelque chose s'était fendillé, une chose qu'elle devait à tout prix se dépêcher de colmater, mais elle n'en avait pas le courage pour l'instant. C'est drôle. Chloé se plaisait à dire qu'elle s'était laissée aller totalement toutes ces années. Elle voyait bien que ce n'était pas vraiment le cas. Sinon, pourquoi aurait-elle l'impression de s'être retenue de pleurer depuis trop longtemps ?

« Dites. C'est quoi votre nom ? »

Le professeur Martel attrapa une serviette en papier sur le comptoir en bois envahi de chlorophytums, d'orchidées et de tasses jaunes. Il écrivit, par-dessus le logo en forme de panda roux juché sur une planche de surf, un 06 78 29 10 37 d'une main étonnamment tremblante, étrangement

fébrile. Et Chloé essaya de se persuader que ce n'était pas elle qui lui donnait cet air d'adolescent effarouché.

« Benjamin. Appelle-moi si tu as un problème un jour, d'accord ? Il est temps que tu aies quelqu'un sur qui compter. »

En sortant, Chloé n'osa pas porter la main à ses yeux de peur d'y sentir des perles salées y dégouliner. Elle les essuya vivement lorsqu'elle aperçut la décapotable rose bonbon de Nina garée juste à côté du Franprix. Chloé prit une grande inspiration, imaginant que l'air descendait au plus profond de ses poumons pour alimenter une sorte de verrière intérieure où ronces et anémones se mêleraient à des feuilles de menthe poivrée, et elle se décida finalement à ouvrir la portière.

« Franchement, je devrais recevoir un oscar pour tout ce que je fais pour toi. Je comprends pas pourquoi c'est moi qui dois venir, alors qu'y a rien à faire ici.

— On n'a qu'à aller au cinéma.

— Non. Viens, on va faire du shopping aux *Hortensias*.

— Nina, j'ai pas d'argent.

— T'avais qu'à pas tout dépenser en pseudo-bouquins, et encore le mot est faible pour qualifier cette merde, tout ça pour faire bander ton prof. Tiens, ma belle, c'est pas grand-chose mais c'est l'intention qui compte comme on dit.

Encore une fois, heureusement que je suis là mon Dieu. »

Portant un Belvita au miel et pépites de chocolat à ses lèvres écarlates, Nina lui tendit deux billets de cent. D'un geste, elle démarra la voiture et se lança dans un énième monologue sur son alcoolique de cousin qui lui faisait du rentre-dedans depuis quelque temps. Elle n'attendait aucune réponse. Même pas un signe d'approbation. Nina souhaitait juste avoir un spectateur et Chloé remplissait parfaitement ce rôle de présence silencieuse.

« Alors. T'es déjà passée sous le bureau ? J'espère au moins que tu gagneras, allez, trois points, vu comment t'es expérimentée, je pense.

— Tu veux dire quoi par là ?

— Enfin, Chloé, tout le monde sait que tu passes ton temps à coucher à droite à gauche.

— Tu confonds avec toi-même, là. »

Le nez de Chloé manqua de s'écraser violemment contre le tableau de bord lorsque Nina freina subitement pour se ranger sur le bas-côté. C'était la première fois que Chloé la voyait pleurer et cela la perturba plus qu'elle ne l'aurait avoué.

« T'es vraiment sans cœur pour me dire ça. Tu sais bien que je vis des amours passionnées. Des comme tu n'en connaîtras jamais. Alors t'as le droit de baiser avec le premier venu pour remédier à ce manque, mais ne me blâme pas pour ça. Putain, tu m'as fait chier. Descends. Maintenant. »

Chloé s'exécuta sans un bruit, sans un froissement de vêtement, sans un soupir. Elle s'éloignait lorsqu'elle sentit quelque chose la heurter à l'arrière de son crâne. Elle comprit en la voyant rouler à ses pieds que Nina lui avait lancé une canette d'Hoegaarden vide.

« Connasse. Pourquoi tu pars ? »

Chloé entra à nouveau dans la voiture. Elle ne sentait rien. Elle était juste une coquille vide. Loin d'elle-même.

« Tu sais… J'ai été beaucoup déçue dans mes précédentes amitiés. »

Tout en parlant, Nina se remettait du vernis vert canard sur les ongles de sa main droite, un léger sourire de contentement planant sur son visage.

« Certaines ont failli me faire passer de l'autre côté. »

Nina alluma la radio et mit un certain temps avant de trouver une chanson potable. Une reprise de *While My Guitar Gently Weeps* en l'occurrence.

« Tu comptes beaucoup pour moi. »

Elle s'attarda sur son reflet dans le miroir, lançant des petits coups d'œil appuyés à une Chloé toujours impassible.

« Ce serait con que tu me brises et que je fasse une connerie, tu crois pas ? »

Nina prit la direction des *Hortensias*, ses épaules ondulant gracieusement au rythme des ondes de la musique, un rire joyeux s'échappant d'elle lorsque les grimaces qu'elle tentait

réussissaient à amuser sa grande amie, son amour, son petit oiseau des îles enneigées. Une fois arrivée près d'un magasin qu'elle jugeait à la mode, Nina entraîna Chloé d'un pas énergique dans les rayons, attrapant une chemise crème en coton, un pantalon haut noir à rayures et un pull vert bouteille avec un col roulé.

« Tiens, enfile-moi ça. Au moins, si ta réputation te plaît pas, tu pourras l'atténuer. Fini les décolletés plongeants, les bas résille et les jupes ras du cul. Et puis, tu y gagneras avec tes prochaines conquêtes. Au moins, tu sauras qu'ils sont là parce qu'ils s'intéressent à toi et non parce qu'ils te voient comme la fille facile par excellence. »

Chloé essaya le tout machinalement, jetant à peine un œil dans le miroir pour admirer sa transformation avant d'aller payer en vitesse, sachant très bien qu'elle reviendrait dans quelques semaines pour tout échanger contre cette petite robe noire qui lui faisait de l'œil depuis un moment, une fois cette nouvelle lubie de Nina passée. Aujourd'hui, c'était ses fringues. Hier, ses goûts cinématographiques. Demain, sa coupe de cheveux.

« Allez, chérie, c'était vraiment génial mais il est tard, faut que je rentre. Oh, je suis tellement contente qu'on ait passé du temps ensemble ! À demain ma belle. »

Chloé ne lui rappela pas qu'elle n'avait aucun moyen de rentrer. Que le bus passait dans une

heure et que par sa faute elle n'aurait pas le temps de réviser sa dissertation du lendemain. Non, Chloé ne lui dirait rien. Elle se contentera, de lancer un pavé dans une bagnole qui ressemblait à la sienne. Et de hurler à quel point c'était une salope. Et à quel point elle lui manquait.

11

Chloé avait juste eu le temps de manger quelque chose dans le noir de la cuisine avant de rejoindre Étienne. Elle engloutissait une tartine de pain grillé au beurre de cacahouète lorsqu'elle remarqua la lumière blafarde du frigo qu'on venait d'ouvrir. Elle se retourna, sachant déjà qu'elle allait devoir encaisser les remarques de son père.

« Tu vas où comme ça ? T'as vu l'heure ? »

Chloé ne répondit pas à cet homme presque endeuillé, cet homme qui la scrutait comme si elle était de retour après de longues années séquestrée dans une cave, à boire les mains liées en léchant l'humidité des murs, les yeux bandés, paupières retournées, la laissant au bord du vide. De la désincarnation. Et quand il la regardait ainsi, Chloé savait qu'elle pourrait se laisser submerger aussi facilement que s'échapperait le contenu d'un sac de billes renversé par une enfant de passage. Mais elle s'assit, indifférente à la réalité qui l'entourait, descendant une bouteille de lait

en longues gorgées d'assoiffée, tout en se répétant qu'il ne servait à rien d'exploser. Que cela ne le changerait pas, ce regard. Bien au contraire.

« Chloé. »

Son père posa une main poilue sur son bras avant de la retirer, comme si les câlins de son enfance ne devaient plus être, que leurs peaux étaient devenues électriques l'une pour l'autre. Toxiques. Parfois, Chloé se prenait à penser qu'ils s'étaient imprégnés de poison d'amphibien qui apparaissait dès lors que leurs souffles se mêlaient dans l'air d'une pièce, s'entortillaient un temps pour s'enfuir au plus vite, se rappelant soudain que ce temps d'adoration mutuelle était révolu.

« Tu te prostitues, c'est ça ? »

Chloé regarda son père, silencieuse, impuissante, triste aussi, ce père qu'elle ne reconnaissait plus. Chloé se demanda ce qui avait bien pu se passer pour qu'autant de distance s'immisce entre eux, pour que tout s'effondre sans que l'avalanche puisse être stoppée. Tout était brisé et ils n'avaient même pas remarqué les fissures. Et, pendant un bref instant, elle crut revoir son père, assis devant une immense galette des Rois à la frangipane, une couronne en papier sur la tête, la proclamer reine de la journée, prunelle de leurs yeux, princesse de leur vie. Des souvenirs lui revenaient par flashs, ses bras la soulevant pour éviter qu'elle se prenne une vague en pleine

tête, leurs combats de sumo sur la plage, leurs courses contre la marée montante, leurs rires se mêlant aux cris des goélands. La fourmilière qu'ils avaient trouvée à l'intérieur d'un bouddha dans le jardin de ses grands-parents, son père lui expliquant que vivait là une microsociété, et elle avait pour un instant rêvé d'y habiter. Le flux continuait, elle ferma les yeux pour mieux visualiser les images qui l'assaillaient. Les piñatas, les anniversaires costumés, les chasses au trésor improvisées, la pâte à crêpes, les parties de mistigri sur le canapé, la pluie, la pluie, les orages, le noir, les étoiles filantes, le lait concentré, les éclairs, la peur, les histoires, les bisous du soir, les pique-niques, les mariages, les monstres, les veilleuses, les lumières, les chiens, toujours ces chiens, la peur encore, ses paroles, son réconfort, ses caresses. Beaucoup de tendresse. Et Chloé eut soudain de la peine pour lui. Elle se dit qu'elle s'en mordrait les doigts si elle avait une fille comme elle. Chloé rouvrit les yeux, et ce n'était déjà plus le même père. Il représentait tout ce qu'elle voulait tuer d'elle-même. Alors elle se redressa. Prête à l'achever.

« Oui ! Passe à l'occasion d'ailleurs, mon chou, tu vas a-d-o-r-e-r. »

Chloé claqua la porte, dévala les escaliers et sortit de son immeuble en courant. Elle évita les voitures à l'aveuglette, laissant ses pas la guider vers le lieu de rendez-vous. Certains feux rouges s'allumaient

parfois, éclairant une légère bruine qui faisait briller le goudron, obligeant Chloé à les griller pour aller plus vite, toujours plus vite, contrainte de risquer sa vie, une fois de plus. Elle passa devant un distributeur de Coca qui faisait office de lampadaire, bouscula une nuée d'imperméables rouges et jaunes, manqua de trébucher sur une bouteille en verre. Elle s'assit sur le trottoir, regarda l'heure sur sa montre. Elle était en avance. Beaucoup trop en avance. Elle s'oublia dans la contemplation d'un sachet de Doliprane qui flottait dans une flaque de pétrole à ses pieds. Elle alluma une cigarette, fascinée par les jeux de lumière que cette matière produisait. Elle eut envie de pleurer. Elle n'avait pas la force de rester sans rien faire. Elle se mit à fouiller dans la poche de son manteau, attrapa fébrilement son carnet et son stylo. Et elle écrivit, car il n'y avait rien d'autre qu'elle puisse faire.

Je te lègue les muguets de mon cœur
Je te lègue mon empreinte laissée sur la surface d'une mer déchaînée
Celle que tu ne pourras retrouver
Je te lègue mes dentelles de pensées, mes épluchures de tendresse,
mes échantillons d'amertume
Je te lègue mes brûlures aussi
Je sais que toi tu pourras les supporter
Je te lègue les cendres de mes cartes d'anniversaire consumées

Mes chocolats chauds partis trop tôt en fumée
Mes nattes calcinées se balançant dans l'air de tes poumons embrasés
Prends tout.
À commencer par ta main timide posée sur mon épaule

Chloé leva la tête. Se frotta les yeux. Et lui présenta son plus beau sourire.

12

Si Chloé lui avait donné rendez-vous au beau milieu de la nuit, c'est qu'elle voulait lui montrer un endroit où elle seule pourrait l'emmener. Elle lui expliqua pour la troisième fois que oui, ils allaient bien s'aventurer dans les égouts, que ça allait être palpitant, sensationnel même, et qu'ils avaient toutes les raisons d'avoir peur. Qu'ils allaient se sentir à la fois morts et vivants. Et qu'ils en avaient tous les deux besoin. Alors, bien sûr qu'ils iraient. À la recherche d'une secte, oui. C'était bien cela. Tout le monde en parlait en ville depuis quelques mois. Chacun avait sa théorie, il y avait même des blogs qui recensaient les lieux suspects où cette communauté pourrait bien se cacher mais personne n'avait jamais rien trouvé.

« Tu vis où pour ne jamais en avoir entendu parler ? »

Étienne souffla longtemps, dévisageant Chloé qui soulevait déjà le couvercle qui recouvrait la bouche d'égout, laissant apparaître les barres

de métal rouillé faisant office d'échelle. Étienne aurait aimé en avoir marre de ses impulsions, de son comportement électrique, de sa fièvre, de son langage de plus en plus incompréhensible. Il aurait aimé être fatigué de toutes ses conneries. Mais, la vérité, c'était que chacune d'entre elles le faisait devenir de plus en plus dépendant. De plus en plus amoureux. Chloé était comme cet arrière-goût de café tant espéré qui finit par nous dégoûter sitôt la dernière gorgée engloutie. Celui qui reste au fond de notre gorge la journée durant jusqu'à nous soulever le cœur, jusqu'à nous faire nous plier en deux, au-dessus de la cuvette de toilettes qui en auraient des choses à raconter. L'odeur des W-C porte le poids des larmes salées d'épuisement, des tests de grossesses non désirées, des capotes mises à la va-vite, des seringues brisées. Mais Étienne ne connaissait pas cette nausée. Il n'aurait su expliquer pourquoi, mais il savait que cela avait à voir avec sa haine des cadenas, de ceux que les couples accrochent un peu partout sur les ponts. Ça le déprimait. Ils étaient pour lui le symbole d'un mélange de triste tendresse et de passion réchauffée au micro-ondes. Tout son amour pour Chloé résidait là, dans cette haine. C'est pour cela qu'elle le rendait dingue. Pour cela que Coralie ne serait jamais à sa hauteur. Et qu'elle ne pourrait jamais la remplacer.

« Étienne ! Je suis déjà en bas, là ! Tu rêves à quoi ? De moi j'espère. Putain ! Tu m'as fait

peur… On voit rien là. T'as pas une lampe torche ?

— J'ai une tête à me balader avec une lampe torche ?

— Je place beaucoup d'espoir en toi, Étienne.

— Et un portable ? Ça ferait l'affaire non ?

— Beaucoup moins vintage. Mais ça le sera un jour. Juste besoin d'un peu d'imagination et ça ira. On va par où ?

— Mon petit doigt me dit qu'il faudrait suivre ces flèches violettes. »

Et c'est ce qu'ils firent. Ils marchèrent un temps ainsi, de l'excitation plein la poitrine, des tags plein les yeux, de la puanteur plein le cœur. Étienne essayait de ne pas trop s'attarder sur les tampons, sacs en plastique et rats crevés flottant dans le caniveau qu'ils longeaient, préférant se concentrer sur le bruit des gouttes qui tombaient du plafond à un rythme régulier.

« Chloé… On ferait mieux de rebrousser chemin… C'est… Ça devient glauque là…

— Justement. Allez. »

Joignant le geste à la parole, elle l'attrapa par la main et le força à continuer. Elle l'aida à éviter de justesse un amas de produits chimiques bleus, rouges et violets qui moussaient et crépitaient furieusement sur le sol. Dans une autre vie, ça aurait été lui qui l'aurait guidée, lui qui l'aurait courageusement menée jusqu'ici, qui l'aurait portée même, pourquoi pas. Dans une autre vie,

il aurait eu le courage de la séduire. Mais ce n'était que lui. Ce bon vieil Étienne. Celui qui était célibataire depuis sa naissance. Celui qui n'avait encore jamais touché une fille. Celui qui ne s'était jamais pris de râteau, puisqu'il n'avait jamais osé se déclarer à qui que ce soit. Cet Étienne qui n'avait jamais reçu de mots de Saint-Valentin, de textos mignons, de propositions de rendez-vous. Celui qui ne s'était jamais fait draguer, même en soirée, même pour rigoler. Ou alors, il ne l'avait pas remarqué. Celui qui se sentait sale quand il se branlait. Celui qui portait en lui tant d'occasions manquées. Celui qu'il ne pouvait plus supporter.

« Étienne ? T'as pas un élastique ? »

Sans attendre sa réponse, Chloé fouilla dans les poches d'Étienne et trouva vite ce qu'elle cherchait, subtilisant au passage un morceau de verre poli qu'il fit semblant de ne pas remarquer. Et comme toujours, Étienne se demanda ce que tous ces objets pouvaient bien faire là, s'il ne gardait pas en fait en lui une brèche donnant sur ce pays où réside ce qui a été perdu. S'il ne serait pas une sorte de sentinelle fracturée veillant sur toutes ces choses oubliées. Un gardien de phare laissé à l'abandon.

« Merci, Capitaine Caverne. »

Elle s'attacha rapidement les cheveux, sans qu'Étienne comprenne pourquoi elle avait subitement demandé cela, pourquoi ce geste spontané semblait être commun à toutes les filles qu'il avait

rencontrées. Encore quelque chose qu'il n'avait jamais compris. Encore quelque chose qui lui rappelait à quel point il était éloigné d'elles. Puis finalement, Chloé défit sa coiffure et passa l'élastique vert pomme à son poignet. Devant son regard incrédule, elle lui expliqua qu'elle avait oublié à quel point elle était laide avec une queue de cheval. Qu'elle voulait lui épargner ça. Étienne ne comprenait pas comment elle pouvait penser cela. Il essaya d'imaginer un monde où l'on pourrait trouver Chloé repoussante, se heurta à un vide immense. Il songea un instant à lui avouer ce à quoi il rêvait lorsqu'ils se retrouvèrent face à une porte au bout d'un couloir mal éclairé. Ils échangèrent un regard, comprirent sans difficulté à quoi ils pensaient l'un comme l'autre. Chloé l'enfonça, et elle s'ouvrit sans résister. Elle lâcha tout sourire un *Après vous, mon cher* tout en mimant une révérence pour laisser passer Étienne, sa chevelure décoiffée lui donnant des airs de marquise délurée. Une fois passé l'entrée, Étienne et Chloé tombèrent sur le néant. Sur du rien. La pièce était totalement vide. Pas même une trace d'humanité. Ils se regardèrent. Pouffèrent nerveusement en s'asseyant sur leurs manteaux. Chloé sortit un joint, lui proposa. Il ne refusa pas. Pas à elle. En sortant son briquet, elle lui expliqua que depuis que son dealer avait disparu, elle gardait ceux qui lui restaient pour les grandes occasions. Que le dernier serait

mémorable. Et Étienne espérait être à ses côtés quand ce jour arriverait.

« Au moins, si je veux fuguer, je sais où j'irai.

— Pourquoi tu voudrais fuguer ?

— On a toujours envie de fuguer. Je passe mon temps à repérer des refuges. Plus j'en ai et plus je me sens rassurée. Pas toi ?

— Non. Pas vraiment. »

Étienne enleva son pull, emportant son t-shirt avec. Ne s'en rendit pas compte tout de suite. Il commençait à faire plus chaud. Il se sentait léger d'un seul coup. Il n'avait jamais connu ça. Cette impression que plus rien n'avait d'importance. Il se sentait drôle, terriblement irrésistible. Il avait envie de la faire rire. Alors, il se mit à lui raconter des anecdotes, toutes aussi futiles les unes que les autres, des histoires de lits superposés, de tante sentant le riz au lait, de ballon de baudruche qui s'était envolé et qu'on n'avait jamais retrouvé. Aucune n'avait vraiment de chute, elles se finissaient toutes abruptement. Et pourtant, Chloé gisait au sol, se tenant le ventre pour calmer ses fous rire. Ça lui procura tellement de fierté de la voir comme ça. À un moment, le visage de Chloé fut totalement aspiré, comme si un souvenir particulièrement atroce la happait soudain. Étienne se demanda si elle ne cachait pas trop de failles pour une seule personne. S'il n'avait pas surestimé sa résistance. Et puis, Chloé retrouva sa vivacité habituelle et Étienne oublia

de s'inquiéter, trop occupé à chercher à deviner ce qu'elle allait faire. Chloé se leva, sembla chercher l'inspiration et s'empara du pull d'Étienne pour en faire une sorte de capuchon.

« Bienvenue, Étienne. Je vois que vous nous avez trouvés. Vous faites donc partie des nôtres. Nous sommes là pour accueillir ceux qui veulent disparaître, quelle qu'en soit la raison. Regardez autour de vous. Certains viennent de loin. Car nous sommes les seuls à pouvoir les aider. Mais entrer dans notre communauté requiert un certain sacrifice. Une preuve d'allégeance. De foi. Venez. »

Arborant un air pseudo mystérieux, Chloé le mena à un conduit, une sorte de gueule béante où se déversait une rivière de détritus pour déboucher sur quoi, on ne savait pas. Chloé ne put s'empêcher de ramasser une télécommande d'un modèle vieux de dix ans qui y flottait pour la glisser dans son sac, là où commençait à s'entasser une véritable collection d'objets.

« Il faut se jeter. Pour apprendre à se laisser porter par les événements.

— T'es complètement tarée…

— Merci. Merci vraiment.

— De rien. Tout le plaisir est pour moi. »

Chloé resta peut-être une seconde de trop devant ce spectacle. Peut-être eut-elle l'envie irrépressible de sauter. Peut-être fut-ce pour cela qu'Étienne l'attrapa par la taille, l'éloignant

de ce lieu qui lui apparaissait désormais comme maudit, hanté, porteur d'une aura de danger qu'il n'avait pas détectée. Chloé se dégagea doucement, emprunta de nouveau l'échelle pour sortir. Il lui demanda si elle ne voulait pas continuer à chercher la secte, mais elle haussa les épaules et continua à avancer. Étienne scruta les cheveux de Chloé qui descendaient dans son dos et c'était comme s'ils avaient changé de couleur, qu'ils étaient faits en peau de poulpe, se camouflant au gré des marées, au gré des courants. Des lumières. Chloé se retourna soudain, et Étienne sentit son cœur s'accélérer à l'idée qu'elle puisse avoir tout deviné. Mais elle ne fit que lui sourire en lui disant de se dépêcher de venir la rejoindre dehors. Qu'elle avait besoin de lui près d'elle. Il faisait froid, mais aucun d'eux ne le remarqua. Une fois à l'extérieur, Étienne l'entraîna dans une danse brouillonne et floue, un peu folle aussi, singeant un des ramoneurs de Mary Poppins, et tournant autour d'un lampadaire, il la supplia de chanter *Chem Cheminée* avec lui. Il se surprit à connaître parfaitement les paroles sans pourtant les avoir apprises. Et ils ne se rendirent même pas compte qu'ils mixaient les différentes chansons du film pour en créer une rien qu'à eux, une qu'ils oublieraient à tout jamais et ne pourraient reproduire. Quel beau mélange c'était pourtant. Elle respirait leur joie d'être ensemble. Chloé prit la main d'Étienne

comme s'ils avaient toujours fait ça, comme si leurs peaux soudain collées ne changeaient rien à leur vie. Étienne se demanda ce qui avait pu se passer depuis la maternelle, à l'heure où se ranger deux par deux était naturel, faisait partie du quotidien. Cet Étienne-là, avec sa coupe en brosse, ses cartes Pokémon et son sac tortue ninja semblait avoir tout compris.

« Dis, Étienne, je crois que l'obscurité me va bien. Je pense que le jour est bien plus déprimant que la nuit. Tu sais pourquoi ?

— Parce que la nuit fait apparaître les démons de minuit et qu'on ne peut pas résister à un tube des années 1980 ?

— Non. Parce qu'on peut se réfugier dans l'idée que c'est elle qui nous rend ainsi. »

Étienne n'y tenait plus. Il l'embrassa. Ce ne fut pas le baiser langoureux qu'il attendait, avec des trompettes en musique de fond, leurs corps ruisselant sous la pluie, du vent artificiel faisant flotter harmonieusement leurs cheveux ou je ne sais quelle connerie. Ce ne fut pas la comédie romantique qu'il espérait en secret, honteusement mine de rien, jouant les snobs devant les amis qu'il n'avait pas. Ce ne fut rien de cela. Parce qu'elle y mit fin immédiatement.

« Étienne... On est faits l'un pour l'autre. Pas pour s'aimer. Du moins pas comme tu l'entends. »

Chloé lui caressa la joue, comme attendrie.

« Étienne… Toutes les belles histoires ne sont pas d'amour. Loin de là. Alors ne gâchons pas ce qu'on a, d'accord ? »

Chloé l'embrassa sur le front, s'éloigna lentement sans se retourner et disparut au premier croisement. Lui resta un moment avant de se diriger vers chez lui. Plus tard, il ne se rappela pas avoir fait le chemin. Mais il se souvint de sa main n'ayant aucun mal à faire entrer la clef dans la serrure. De son grand-père qui dormait dans sa chambre sans un bruit. Il se souvint de s'être affalé sur le canapé, n'ayant pas l'envie d'aller plus loin. Se répéter qu'il n'espérait rien. Qu'il s'y attendait. Il se souvint de sa nuit blanche. De son état d'hypnose. Il s'était dit qu'en fixant assez longtemps ce qui l'entourait il finirait bien par se fondre dans le paysage. Il se souvint d'avoir observé son appartement comme s'il n'y avait jamais vécu. D'avoir tout enregistré comme s'il y avait une urgence. Il se souvint du hamac suspendu à côté d'une étagère chargée de contes et de poésies. Du bol rempli de pâtes alphabet pour bébé qui y prenaient la poussière. Il se souvint de la machine à arcs-en-ciel, des feuilles mortes du bonzaï, de la théière rouge à pois blancs, des sculptures d'ours en bois, des guirlandes de Noël toujours là malgré l'arrivée du printemps. Il se souvint du taille-crayon en plastique jaune fluo exposé sous une cloche en verre. Il se souvint de l'ange en deuil peint sur la vitre. Et des heures

qui passèrent comme autant d'ombres de voitures sur ses murs. Et de Paco qui finit par débouler.

« Étienne ! Étienne ! Regarde ! »

Le visage de Paco s'illuminait dans la pièce plongée dans la pénombre alors qu'il lui présentait fièrement la fée des étoiles, étirant ses bras au maximum pour faire de cette figurine tant attendue le symbole de l'accomplissement d'une vie, la preuve qu'il avait eu raison d'espérer tout ce temps.

« On est le combien ?

— Le 27 mars.

— Le 27 mars est mon nouvel anniversaire, c'est décidé. Assurément le jour le plus beau de l'année. »

Étienne regarda par la fenêtre. Dehors, Charlie soufflait sur le museau de Balkany des bulles de savon qui s'envolaient vers l'immensité du ciel pour ne plus jamais redescendre, éclatant à l'abri des regards. Une mort silencieuse était tout ce qu'elles cherchaient dans leur vie éphémère et pourtant, certaines se faisaient surprendre par une branche d'arbre, par la main d'un petit garçon sautillant. Par un courant d'air. Et personne n'avait rien vu venir. Non, personne.

« Oui. Le plus beau. »

13

Étienne sonna chez sa grand-mère. Il avait besoin de s'occuper l'esprit, de tenter des choses qu'il ne ferait pas en temps normal pour faire taire cette terrible impression de chute libre dans son cœur. Étienne savait bien ce qu'il voulait. Ce que son grand-père voulait. Il allait la supplier de revenir. Il lui ferait bien comprendre qu'elle était la seule dont Alain avait besoin, la seule à pouvoir lui rendre sa lucidité. Étienne allait appuyer sur la sonnette une deuxième fois lorsqu'elle ouvrit, fraîche et pimpante, élégante comme à son habitude, encore en forme pour son âge. Coquette en tout instant. Clotilde l'accueillit par une bise énergique, laissant sur les joues d'Étienne une légère odeur de liquide vaisselle. Elle sortit un assortiment de pâtes d'amandes, de rochers coco et de pâtes de fruits, ne cessant de répéter à quel point elle était heureuse de le voir. Ils s'assirent tous deux sur le canapé. Ils parlèrent de tout et de rien. Quand il évoqua Alain, les traits de Clotilde se crispèrent,

lui rendant d'un seul coup toute la réalité de son âge. Étienne voyait bien qu'elle tremblait, et pourtant, il poursuivit son discours, l'accusant d'avoir abandonné son grand-père, d'être la cause de sa folie, d'être coupable de non-assistance à personne en danger. Clotilde lui fit tristement non de la tête. Et lui dit qu'elle ne reviendrait plus jamais le voir.

« Avant il était doux, tu sais. Il est devenu violent avec moi après la mort d'Hannah. Je ne pouvais pas continuer comme ça. Alors oui, je me suis enfuie. Mais, même si j'étais restée, je n'aurais rien pu faire. Tu crois que je peux le sauver de lui-même. Mais si je n'arrivais pas à me sauver moi-même, qu'est-ce que j'aurais pu faire d'autre ?

— C'est faux, mamie. Ceux qui réussissent le mieux à réparer les autres sont les plus brisés. »

Clotilde répondit dans un souffle qu'elle était loin d'être aussi brisée qu'il ne le pensait. Que l'on finissait par se remettre de ce genre de drame. Que c'était comme ça. Que c'était la vie. Mais cela, Étienne ne voulait pas l'entendre. Et il détesta sa grand-mère de dire cela.

« Si seulement tu essayais… »

Clotilde versa du thé vert dans la tasse d'Étienne, celle avec le petit ourson juché sur son pot de confiture dans laquelle il buvait ses laits chauds au miel avant de s'endormir quand il était petit. De ceux dont une seule gorgée apportait les

promesses d'une nuit chargée de doux rêves, loin des images de son passé. Loin de son père.

« Qu'importe. Il va finir par m'oublier. Je ne veux pas vivre ça, tu comprends ?

— De quoi tu parles ? Mamie ? Oh, mamie ! »

Il y avait une telle incompréhension sur le visage de Clotilde. Presque surjouée. Sortie d'un feuilleton télévisé. Et ce fut sûrement pour cela qu'Étienne ne put croire sa grand-mère. Du moins, dans un premier temps.

« Eh bien, avec son Alzheimer, ce n'est qu'une question de temps avant que... Oh non, ne me dis pas qu'il te l'a caché ? Il est allé voir le docteur il y a trois semaines. Il a refusé d'être hospitalisé. Son état s'aggrave de jour en jour. C'est lui-même qui m'a appelée pour me l'annoncer. Oh, mon Dieu, Étienne, j'étais persuadée que tu le savais... J'étais persuadée... Je te le jure. Étienne... Comment tu as pu ne pas remarquer ? »

II

1

C'est en songeant à Marc que Chloé se dirigea vers la librairie *La Vague noire*, vêtue d'une jupe bleu marine patineuse et d'un chemisier blanc que Nina avait tenu à lui prêter, la dernière fois qu'elle était allée chez elle. Elle ressentait encore au creux de ses côtes l'éclat de leurs rires. Aussitôt entrée dans la boutique, une odeur de sachet de thé oublié, d'orange pelée et de renfermé l'enveloppa et ce fut comme passer une journée d'hiver à l'abri sous sa couette duveteuse, alors que le monde au-dehors s'engourdissait. Malgré son emplacement et le peu de clients qui y passaient, du moins quand Chloé venait, la boutique survivait, elle se demandait bien comment. Chloé parcourut des yeux les rayons de littérature nordique, de romans graphiques et d'albums jeunesse à la recherche d'un livre pour le professeur Martel. Elle lui devait bien ça. Elle s'avança au plus près de l'étagère du thème de la semaine et, plissant les yeux, elle lut avec peine le mot Madagascar inscrit

au feutre jaune sur une carte postale ornée de ravenalas, de mangrove et de fleurs de jasmin. Chloé prit cela comme un signe. Alors qu'elle feuilletait les différents ouvrages d'un geste rapide de connaisseuse, elle entendit un énorme fracas provenant du couloir d'en face, comme si une multitude de boîtes de conserve s'était déversée sur le minuscule monde aux murs de papier dans lequel elle avait trouvé refuge. En souriant, elle s'amusa à imaginer que cela puisse être Étienne et se surprit à s'inquiéter pour lui, une fois de plus. Cela faisait deux semaines qu'elle ne l'avait pas croisé.

« Vous voulez que je vous aide ?

— Oh, non, non vous… Vous embêtez pas pour moi… Je, je vais m'en occuper. Oh. T'es là, toi. Toujours là pour le jour de la défaite. »

Étienne était vraiment là, entouré de polars et de livres de recettes, preuves matérielles de sa maladresse, prêt à tout revivre avec elle comme la première fois. Il avait revêtu son manteau perle de pâleur des mauvais jours, mais cela, Chloé l'ignorait sûrement. Peut-être qu'elle remarqua davantage ses œufs pochés sous les yeux, son nez agité, empli de petits plis d'un store vénitien couleur chair ou encore ce voile d'air sombre et grave dans lequel il s'emmitouflait à présent. Elle espérait qu'il ne s'était rien passé de dramatique. Ou alors, elle ne vit rien, qui sait. Toujours est-il qu'au lieu de lui demander si ça allait, de

le rassurer, de lui apporter de l'affection, elle lui lança un *Tu fais quoi ici* qui ne le fit pourtant même pas broncher.

« Je viens acheter un livre pour mon grand-père. Je lui fais relire des poésies qu'il a apprises dans sa jeunesse.

— Pourquoi ? C'est le sosie de Benjamin Button ? »

Mais il ne rit pas. Il ne sourit pas. Il continua de ranger, en silence. Les liens qui les unissaient, les coutures qui les liaient, cela faisait longtemps qu'ils les avaient oubliés. Ils étaient devenus aussi implicites qu'évidents entre eux, pensa Chloé. Et elle se rappela soudain que ça n'avait pas toujours été le cas. Qu'ils avaient déjà été des inconnus l'un pour l'autre. Et que tout pouvait être à recommencer.

« Et toi ?

— Quoi, moi ?

— Tu lis quoi ?

— Je lis pas. J'ai jamais vraiment aimé ça. Enfin, j'aime bien lire des extraits. Mais entier, ça sert à rien. J'aime pas lire, c'est tout.

— C'est impossible. Tu peux pas ne pas aimer lire. C'est comme dire j'aime pas les films. J'aime pas manger. J'aime pas les gens. T'es juste pas tombé sur ce qui te plaisait, c'est tout. C'est ton jour de chance, je vais remédier à ça. Pioche un livre, n'importe quoi. Lis-moi un extrait. On finira bien par trouver. »

Étienne soupira, faisant des nœuds avec une liste de courses du bout des doigts, et, sans y jeter le moindre regard, s'empara d'une couverture au fond rose fuchsia sur laquelle deux silhouettes se serraient jusqu'à s'en briser. Il lut le titre écrit en bleu piscine tapant, *Obsession*, comme il aurait récité un poème, de ceux dont Étienne voulait que s'abreuve Alain, pourquoi, Chloé ne s'en doutait pas. Comment aurait-elle pu savoir.

« *Sous pression, mon cœur est un avion à réaction. Je la vois, et je sais que c'est la bonne, que c'est ma cerise sur mon gâteau, ma goutte qui fait déborder mon vase. Elle me chamboule, m'entraîne dans une danse endiablée d'amour, avec ses yeux aussi sublimes que la Voie lactée. Elle est comme un bon fraisier mais avec de la sauce samouraï qui arrache. J'ai compris que mon cerveau avait une voix, j'ai appris à la suivre comme le Soleil suit la Lune. Il me dit qu'elle a la délicatesse d'une fleur, le piquant d'un piment et la force d'une roche*... Je crois qu'on peut arrêter là.

— Je crois aussi. »

Chloé se félicita de le voir retenir un rire, et resserrant l'élastique jaune bouton-d'or de sa queue de cheval, tapota la tranche couverte d'hibiscus et de papillons de *Carence tropicale*. Cette fois-ci, il souriait en lisant, tout franchement.

« *Le cachalot de l'insensibilité marqué par l'intertextualité du monde n'apparaît qu'à ceux qui prennent conscience des contours de l'arabesque*

sinueuse de la pensée d'une hirondelle habillée du tourment des inconscients perdus dans une nuée d'oiseaux faits du dernier souffle des bords du monde et à ceux qui parviennent à tromper les sentinelles des forces de l'insouciance armés de probité maladive et de soumission désœuvrée. Ouah. On ressent le caractère traumatique de son enfance, lorsqu'il fut abandonné par son poisson rouge, tu crois pas ?

— Mais oui, mon cher. Il est évident qu'il s'agit là d'une métaphore filée de l'existence tout entière.

— Attends, je crois que j'ai trouvé mieux : *0820. Et les hommes capotes se liquéfièrent, se décomposèrent au contact du rayon oméga du capitaine Woodstone et fertilisèrent la terre carbonisée. Et toute la planète Stitesatr revint à la vie, crachant des coulées de lait maternel qui nourrirent les plantes fluorescentes. Et de ces plantes naquirent les premiers véritables êtres humains de la galaxie 0820.*

— Chloé ? La prochaine fois que tu amènes quelqu'un, tu pourrais en choisir un moins bruyant, s'il te plaît ? »

C'était la libraire qui avait parlé. Étienne s'empressa de s'excuser, allant jusqu'à s'incliner sensiblement, à la manière d'une grand-mère japonaise gracieusement vêtue d'un yukata orné de grues et de carpes Koï, des étoiles de mer de malice plein les yeux.

« Étienne, nous sommes la crème de la critique littéraire. Ne nous excusons pas. Nous sommes

exubérants et fiers de l'être. Payons ce personnel du bas de l'échelle et sortons. Nous sommes la vraie voix de la littérature. »

Ils partirent et continuèrent longtemps ce jeu. Alors que Chloé approchait de l'appartement où le professeur Martel lui avait donné rendez-vous, elle serra la main d'Étienne et lui annonça, des ondulations dans la voix, qu'il était temps de se quitter.

« Tu vois, je reste là, tu sais. Je vais nulle part. Hein, Étienne, eh. Y a aucune raison de tirer cette tête.

— Oui. Oui, tu as raison. À la prochaine, quand le hasard ou tes capacités de stalkeuse nous réuniront.

— Diantre, je suis cernée. Tu lis dans mon cœur comme dans un livre ouvert. (Vive les expressions toutes faites, c'est ce que nous aimons !) Allez. Bye, Étienne. »

Chloé alluma une cigarette, observa Étienne s'éloigner à grands pas. Elle regarda sa montre. Elle était un peu en avance. Elle s'assit sur le perron, griffonna quelques mots dans son carnet. Elle était tellement absorbée par ce qu'elle découvrait d'elle-même qu'elle ne vit pas Benjamin Martel faire son apparition, un sachet de cupcakes à la framboise et de donuts à la fleur d'oranger de la nouvelle boulangerie du coin dans ses bras musclés.

« Bonjour, Chloé, je t'avais pas donné le code ? Viens, suis-moi, c'est au premier. Oh, c'est pour moi ce cadeau ? Mais il ne fallait pas…

— C'est bien la moindre des choses, avec tout ce que vous faites pour moi. Votre compagne est là ? J'ai fait des recherches sur une auteure l'autre jour et j'ai remarqué que c'était votre femme. Je voudrais pas jouer les groupies, mais...

— Nous ne sommes plus ensemble. Depuis six ans déjà.

— Oh. Merde alors.

— Comme tu dis. »

Chloé observa l'appartement totalement dépouillé, presque désincarné du professeur Martel, à l'exception d'un calendrier à l'effigie de Dumbo épinglé au mur du salon, d'une collection de boules à neige d'un goût douteux et d'une peluche de lémurien qui prenait sagement la poussière sur une étagère débordante de romans méticuleusement classés par date de parution.

« Alors, pourquoi sa photo est toujours sur votre bureau ? »

Chloé, piochant dans la bibliothèque de Benjamin comme convenu, attrapant *Nos âmes la nuit*, *Le Restaurant de l'amour retrouvé* et *La Chaleur*, ne fit pas attention au silence qui serpentait entre eux.

« Je ne sais pas. »

Et Chloé sentit quelque chose bouillonner en elle, cette colère sourde tournée contre elle-même qui survenait toujours sans prévenir. Soudainement, elle détesta tout en elle, chacune de ses réactions lui donnait envie de se gifler

à n'en plus finir. Personne, personne ne pouvait réellement comprendre ça, ni le professeur Martel, ni Marc, ni même Étienne. Personne ne serait jamais là pour la soutenir vraiment. On lui dirait au mieux sois forte, secoue-toi, fais pas ta victime, arrête de te plaindre, c'est rien, un coup de mou, ça passera c'est tout, oui bah c'est dur d'être triste c'est pas nouveau, c'est la vie c'est comme ça, qu'est-ce qui t'arrive encore, toujours à jouer les pleureuses, mais c'est quoi ton problème à la fin merde, t'es vraiment faible tu fais pas d'effort, regarde-moi je suis passée par bien pire que toi alors arrête ton drama, qu'est-ce qu'elle est chiante à être comme ça, oh ça va on peut rien te dire, tu te vexes pour un rien aussi, en fait soit t'es vraiment trop sensible soit tu t'en bats les couilles de tout le monde, putain qu'est-ce que t'es égocentrique « moi moi moi », est-ce que moi j'ai fait ton cinéma, vraiment t'exagères, et puis merde tu me fais chier.

Et ça ne ferait que redoubler son envie combinée de tout faire exploser et de disparaître à jamais.

« Vous avez des photos de votre fils ? »

Le professeur Martel laissa apparaître un sourire, dévoilant le sucre glace qui s'était posé à la commissure de ses lèvres.

« Oui, bien sûr. Suis-moi. »

Benjamin déverrouilla la porte près de la cuisine d'un style étonnamment campagnard où le

vert tendre évoquait bouquets de suzannes aux yeux noirs, menthe fraichement coupée et champs de mimosas balayés par le vent, puis, laissant Chloé monter les escaliers, la referma d'un coup sec. Il eut un rire nerveux lorsqu'ils se retrouvèrent plongés dans le noir. Montant à l'aveuglette, il l'effleura. Une fois dans la chambre, Benjamin se précipita sur son lit comme un fou pour remettre en ordre le plaid en laine et les coussins en tissus orientaux. Une boîte de préservatifs tomba des draps et Chloé détourna le regard le temps qu'il puisse la ranger, feignant l'ignorance. Le professeur Martel lui dit d'attendre un moment sur le lit, de s'installer confortablement. De se mettre à l'aise. Chloé se perdit dans la contemplation d'une guirlande de minuscules lampions de toutes les couleurs le temps de son absence. Elle se sentait toute bizarre, toute chancelante. Peut-être que le cupcake n'était pas bien passé. Quelques minutes plus tard, alors qu'elle s'était allongée un moment pour faire disparaître sa nausée, Benjamin revint les bras chargés d'albums photo et se plaça à ses côtés. Leurs épaules se touchèrent. Elle pouvait sentir l'odeur de sa peau, un mélange d'ambre, de sauge et de brûlé.

« Là, c'est lui. Avant l'accident.

— Et là ? C'est lui après ?

— Oui. »

Chloé n'eut pas le temps de demander ce qui s'était passé. Benjamin la prit dans ses bras. Elle

ne sut pas comment réagir, ne comprenait pas ce qu'il voulait. Il la serra plus fort. Il grognait. Son souffle s'accélérait. Ce n'est que là, près de lui, pelotonnée dans ses bras, qu'elle réalisa que Benjamin pleurait. Ils restèrent un moment ainsi avant que le professeur Martel décide de se dégager.

« Pardon. Je pensais que j'avais assez pleuré. »

Au loin, on entendait Charlie et Balkany hurler contre un amas de pigeons qui refusaient de rester dans leur monde figé.

« Tout est de ma faute. »

Chloé savait qu'elle devait la fermer.

« C'était il y a six ans. Je jouais avec lui. Il s'appelle Tom. À l'époque, on habitait une des maisons du quartier résidentiel. Il faisait vraiment très chaud. Y avait même un gamin qui s'était réfugié sur un rond-point et qui s'était fait une tente avec une serviette. Je m'en rappelle, parce qu'il y avait Bob l'éponge dessus. Tom adorait ce dessin animé. Et puis, alors qu'on se promenait, un voisin m'a prévenu que quelqu'un de louche s'était introduit chez moi. Je n'ai pas réfléchi, je suis parti. Je lui ai dit, surtout, ne bouge pas, ne traverse pas. Papa revient. Je pensais que j'irais moins vite avec Tom. Qu'il serait en danger avec moi, et ce mec dont on ne savait rien. J'ai voulu jouer les héros. Et j'ai tout perdu. Au final, les autorités étaient déjà sur les lieux et avaient appréhendé sans problème l'intrus. Aucun

besoin de ma présence, comme mon voisin l'avait dit. Quand je suis revenu chercher Tom, il baignait dans son sang. Sur la route. Il n'y avait personne autour. Pas de voiture de police, pas d'attroupement, personne pour me retenir. Juste un gamin avec des oreilles de lutin qui le berçait. Il avait enroulé Tom dans sa serviette. Et lui chuchotait que tout irait bien, les yeux dans le vide. »

Chloé essaya d'imaginer ce que ça faisait de voir le petit bout de chair le plus précieux de sa planète réduit à un torchon mouillé abandonné sur la route. Elle essaya de ressentir le bruit de ses faibles tremblements, la pâleur de ses yeux, la chaleur de son souffle qu'elle aurait voulu recueillir dans un bocal transparent pour ne plus jamais l'ouvrir. Chloé essaya de connaître cette déchirure sans se douter qu'elle ne faisait que reproduire la sienne.

« Je vais faire du café. »

Sans un mot, Chloé tourna les autres pages tandis que Benjamin s'éclipsait dans la cuisine. Elle repéra un album photo différent, tant par son esthétique que par son format, une taille polaroid. Elles étaient toutes ratées, certains coins ne s'étaient pas correctement développés sur la pellicule et c'est pour cela que Chloé les trouva belles à en crever. Elle s'attarda sur un planisphère baignant dans un ciel légèrement flou, sur une complètement emplie d'un blanc laiteux

à l'exception des contours où l'on pouvait presque ressentir une présence, un signe. Chloé contempla une plage baignée de lumière, comme effacée avec le temps. Un vert vaseux aussi où l'on distinguait les vestiges du Sacré-Cœur. Elle remarqua soudain que des petites phrases étaient associées à chacune d'elles, écrites au stylo-plume.

« Papa, arrête cette Terre pour moi.
— Chérie, ce n'est pas ça qui t'empêchera de sombrer. »

« Je suis là. Ne t'inquiète pas. Tu peux t'en aller. »

« Peu à peu mes fragments de toi s'estompent et se meurent. »

« Au fond du lac la ville n'existe plus. »

Chloé frissonna. Elle se leva. Chancela quelques instants. Elle attrapa une lampe de chevet, se brûla au contact de l'ampoule. Et la balança contre la fenêtre fermée. Elle relut encore une fois. Pour être sûre. Mais non. C'étaient bien ses mots à elle. Ceux qu'elle avait marqués dans son carnet. Celui qu'elle avait perdu un jour dans l'amphithéâtre. Elle ne dit rien, se contenta de le mettre dans son sac. Et de s'enfuir sans dire un mot.

2

Nina et Chloé étaient allongées sur un paréo dans le parc à côté de la fac, à l'ombre des glycines, à se partager un thermos de thé à la vanille. C'était Nina qui lui avait proposé de sécher. Chloé savait très bien qu'elle ne le ferait jamais d'elle-même. Qu'elle avait fait cela pour elle. Ça devait être sa victoire personnelle, son moment de gloire. Après tout, si Chloé avait accepté de rater le cours de Martel, c'est qu'elle avait enfin compris, non ? Alors que Nina lui tressait les cheveux, les couvrant de baisers et les piquant de marguerites, elle lui confia qu'elle n'avait jamais été aussi bien avec quelqu'un. Elle lui dit que son réal' cherchait un rôle secondaire. Qu'elle pourrait la conseiller. Elle avait toujours voulu jouer, non ? Oui, c'était vrai. Chloé se souvint de lui en avoir parlé.

« Il fait vraiment chaud.

— Ah oui ? Tu me tends une perche là... »

Elles échangèrent un regard bleuté empli de complicité, foncèrent vers leurs sacs à dos posés

quelques mètres en contrebas et s'emparèrent de leur bouteille d'eau pour s'asperger à n'en plus finir, jusqu'à ce qu'elles soient transies de froid et que leurs vêtements leur deviennent une seconde peau. Sur le chemin du retour, elles surprirent Victor Duroix qui les matait depuis tout ce temps et Nina en profita pour l'arroser de Fanta pêche dans sa fuite.

« C'est vrai ça, on ne s'attaque pas à ma meilleure amie impunément. Dis, mon cœur, tu veux venir chez moi ? On pourrait regarder ce que tu veux. Je pourrais faire du pop-corn. Commander des sushis. Et, oh, on pourrait essayer mon jacuzzi sur le toit, non ? Je te prêterai un maillot de bain. Ça te dit ?

— Oui. Ça me semble parfait. Merci.

— De rien, ma belle. »

Et Chloé passa l'une des soirées les plus agréables de sa vie, gorgée de batailles d'oreillers, de films d'horreur regardés blotties l'une contre l'autre et de bulles de champagne. En vérité, ses plus doux moments, ses meilleurs discours d'encouragement, ses éclats d'émerveillement, elle les devait en partie à Nina.

Son père l'attendait. D'un geste rageur, il agita dans l'air sa boîte d'antidépresseurs, petit couteau ensanglanté de rose et de violet.

« Tu m'expliques pourquoi tu ne les prends pas ? J'ai mis une caméra dans la salle de bains.

Je te soupçonnais de pas suivre ton traitement. J'avais raison.

— Mais, papa, t'es un grand malade.

— Ta gueule, maintenant, Chloé, parce que ça commence à bien faire tes histoires. Écoute-moi bien, j'en ai assez de tes conneries. Comment on peut te faire confiance, avoir confiance en ton avenir, enfin merde, Chloé ? Comment tu veux nous faire croire que tu veux aller mieux ?

— Mais, mais putain je vais mieux ! C'est avant que je me frappais dans mon coin, avant que je vomissais dans les toilettes, avant que j'avais peur d'aller en cours. Je déteste mon moi d'avant, alors, pourquoi, pourquoi vous vous l'aimez ? Ça me dépasse.

— On veut juste te retrouver...

— Vous comprenez rien. Si je redeviens comme avant, je ne le supporterai pas. Je tiendrai pas. Ça serait trop.

— Mais, de quoi ? Qu'est-ce qui te faisait du mal ? Parle-nous, je t'en prie, ma chérie...

— Personne. Hormis moi.

— Mais, Chloé, tu sais, les victimes se sentent souvent responsables du mal qui leur est fait... Alors parle-nous... »

C'était sa mère qui avait pris la parole cette fois. Elle portait un justaucorps turquoise sur un legging léopard, ses cheveux roux incandescents couverts de sueur s'emmêlant avec ses créoles en argent et Chloé la trouva magnifique ainsi.

« Je sais même pas pourquoi je m'inflige ça…

— Oui, vas-y, ma chérie, raconte-nous.

— Je parlais de vous. »

Chloé claqua la porte, emportant Pussy encore alourdi par le sommeil dans ses bras. Elle savait ce qu'elle voulait. Pressant le pas, elle se dirigea vers l'école Saint-Exupéry, celle du frère d'Étienne, elle s'en souvenait. C'était l'heure d'aller le chercher. Avec un peu de chance, il serait là. Réajustant sa coiffure, elle fonça sur lui, empruntant l'air le plus détaché qu'elle pouvait.

« Il en met du temps, ton frère. »

3

« Bah, qu'est-ce que tu fous là ? Avec un chat, en plus…

— Oh, je reviens du vétérinaire, je passais juste dans le coin et je me suis dit que je pouvais te croiser.

— Mais, je t'ai jamais parlé de Paco. Comment tu sais que c'est son école ?

— Mais si, tu m'en as déjà parlé.

— T'es sûre ?

— Mais oui. »

Étienne n'eut pas le temps de poursuivre cette conversation. Paco arriva en pleurant, son pantalon orange tout neuf déchiré par endroits. Difficilement, il parvint à expliquer qu'il était dans la cour, à exhiber sa précieuse figurine à Lison, Léon et Amane, ses seuls véritables amis, lorsque la bande d'Enzo était venue se moquer, l'avait frappé, l'avait traité de pédé avec sa figurine princesse. C'est une fée impératrice des étoiles, déjà, pas une simple princesse, il avait précisé. Rien à foutre. Ils s'étaient encore plus

moqués de lui, et la lui avaient arrachée des mains pour la casser en deux avant de jeter le tout dans la bouche d'égout où gisaient déjà un sacré paquet de cartes Pokémon et de toupies Beyblade, véritable trésor d'après les plus jeunes. Totale légende selon les plus âgés. Paco les avait coursés, il avait même fini par les rattraper, mais la fin de la récré avait sonné. Il n'avait pas arrêté de pleurer pendant l'intervention du policier, qui était venu gentiment à la demande des élèves pour leur expliquer son métier. Les autres ne lui avaient accordé que des regards de pitié et sa maîtresse avait dû le conduire dans le couloir vert pomme pour le calmer. Lorsqu'il lui avait raconté, elle avait retenu un rire, tortillant ses mèches blondes du bout de ses doigts boudinés, et lui avait certifié que c'était pour le mieux au fond, même si c'était difficile à croire. Qu'il les remercierait plus tard. Paco n'avait pas compris. Et il n'était pas plus avancé sur cette question une heure plus tard, dans les bras de son grand frère adoré, en sécurité, enfin. Allumant une cigarette, Chloé confia Pussy à Paco, lui affirma que c'était mieux qu'un doudou pour se consoler. Qu'elle ne le savait que trop bien. Elle avait quelque chose d'éteint dans son regard, et Étienne sut soudain que tout était déjà enclenché.

« Eh, dis-moi, c'est lequel Enzo.

— Lui. Celui avec la chemise blanche et le bermuda beige.

— Chloé, qu'est-ce que tu… »

Il n'eut pas le temps de finir sa phrase qu'elle s'élança sur le gamin, l'attrapa par le col et le souleva de terre, comme ça, sans le moindre signe d'affaiblissement, les chaussettes hautes d'Enzo semblant aspirées par une force surhumaine vers le ciel qui commençait déjà à virer vers un mauve nébuleux.

« Ça te plaît d'être une merde pareille, pas vrai, hein, ça te plaît, hein ? »

Alerté par le bruit, le policier intervenant qui discutait d'un air professionnel avec la maîtresse accourut pour les séparer et convainquit Enzo de ne rien dire à ses parents, qui heureusement n'étaient pas encore arrivés, sous peine de leur révéler l'affaire du jouet cassé. Étienne reconnut le pote de Chloé. Il était vraiment policier finalement, ce n'était pas qu'un simple déguisement comme il le croyait. Du haut de son mètre quatre-vingt-dix, Éric Chevalier emmena Chloé à l'écart du groupe de parents d'élèves qui s'était formé, Étienne et Paco sur leurs talons.

« Putain, Chloé, qu'est-ce que tu fous ici ? Tu frappes des gosses maintenant ? Une mesure d'éloignement, ça te suffit pas ? T'as toujours besoin de t'attirer des emmerdes, toi. C'est vraiment la dernière, la dernière fois que je supporte ça. La prochaine fois, compte pas sur moi pour prendre ta défense.

— Comment ça, une mesure d'éloignement ? C'est quoi, cette histoire ? »

Éric se tut d'un seul coup, le dévisageant avec méfiance et étonnement, et Étienne se dit qu'il aurait provoqué le même effet s'il lui avait demandé à quelle époque il se trouvait, où l'on pouvait trouver le téléporteur le plus proche ou si Michel Drucker était encore en vie.

« Attends, elle t'a pas parlé de Marc ?

— Marc… ?

— Ah. Je comprends mieux. C'est pas à moi de te raconter ça.

— Éric, je crois pas que ça l'intéresse.

— Chloé, je te préviens, t'as intérêt à tout lui dire. Allez vous poser quelque part. Je garde le petit.

— Non, je veux rester.

— Paco…

— Pourquoi il ne pourrait pas ? »

Chloé avait pris son regard de défi que rien ne semblait pouvoir ébranler. Ils se dirigèrent vers le parc, tous les trois, petite bande grave à la recherche d'un banc pour se livrer. Charlie était toujours là, à peindre en silence, Balkany jouant à ses côtés, où qu'ils aillent, il resterait le témoin silencieux de leur histoire. En s'asseyant, Paco n'avait toujours pas quitté Chloé des yeux, craignant sans doute qu'elle s'enfuie avec Étienne pour partager son secret sous les feuillages, à l'abri des regards et par-dessus tout de lui, pauvre petit enfant qu'il était.

« Bon. S'il le faut, il le faut. »

Chloé alluma une nouvelle cigarette. Elle trembla en tirant sa première bouffée. Se pinça le bras pour se maîtriser. Elle sembla chercher ses mots quelques secondes, sa main brassant l'air, la bouche entrouverte. Elle se mit alors à farfouiller furieusement dans son sac pour en sortir une vieille gourde Titeuf décolorée, avala une gorgée d'un liquide ambré en grimaçant et plongea son regard dans celui de Paco comme si ce qu'elle allait leur raconter ne s'adressait qu'à lui, ou plutôt que lui seul pouvait véritablement comprendre ce qu'elle ressentait.

« On s'est rencontrés à une soirée déguisée, Marc et moi. Je te laisse deviner quel était son costume, hein, Snoopy. On a pas mal dansé, pas mal parlé, pas mal fumé aussi. C'était vraiment une belle soirée, une comme je n'en avais pas eu depuis longtemps. Alors que je pensais que ça n'allait pas durer, que cela ne pouvait pas, il m'a contactée le lendemain. À partir de ce jour, on a beaucoup traîné ensemble. Une expo, un film, même un nouveau centre commercial, tout était prétexte pour se voir. On s'est tourné autour un bon moment. C'est au cinéma qu'on s'est embrassés pour la première fois. Je t'épargne les détails. C'était merveilleux. Pendant un temps. Une semaine plus tard, il n'est pas venu à notre rendez-vous. Après ça, il ne m'a plus donné de nouvelles. Comme ça, du jour au lendemain.

En essayant de retrouver sa trace, j'ai fini par le croiser, se baladant comme si de rien n'était avec une autre fille. Alors, t'aurais fait quoi à ma place ? Hein, Paco ?

— J'aurais voulu comprendre. J'aurais essayé de lui parler, coûte que coûte.

— C'est ce que j'ai fait. Je l'ai harcelé de textos, suivi dans les rues, ai trouvé son appart. Mais rien de bien méchant, tu sais. Je voulais juste qu'il m'explique ce qui s'était passé. Il ne m'a jamais répondu. Et il m'a attaquée en justice. Comme ça. On n'avait pas d'argent pour payer un avocat. Je suis tombée sur un commis d'office totalement débutant. Marc en avait payé un réputé. Il a raconté plein de choses sur moi. Il a mis à profit les cachets que je prends. Raconté que je n'étais pas saine d'esprit, que je ne savais pas ce que je disais quand je contestais sa version des choses. Voilà. Depuis, j'ai une mesure d'éloignement. C'est aussi simple que ça. Mais j'ai pas abandonné, tu sais. Je veux toujours comprendre. On s'aimait vraiment. Pourtant, depuis quelque temps je ne pense plus vraiment à tout ça. Je commence à me dire que ça ne m'avancerait pas à grand-chose de savoir. J'ai même arrêté d'espérer le croiser. »

Étienne ébouriffa les cheveux d'un Paco totalement apaisé, rayonnant même. Pour la première fois, il avait l'impression de ne pas être ignoré, de prendre part au monde qui était le sien. Chloé se

leva, et, tout en soulevant Pussy dans les airs à la manière de Simba, proposa d'aller manger une glace tous ensemble, et Étienne ne prit même pas la peine de cacher son agacement.

« Ça sera sans moi. J'ai rendez-vous.

— Oh. Et avec qui ?

— Avec Coralie, on fait de la musique ensemble.

— Coralie, c'est la fille vraiment jolie qui fait du violon ?

— Oui, c'est ça, Paco. La très très jolie fille. On passe vraiment beaucoup, beaucoup de temps ensemble en ce moment. »

Étienne entraîna fermement Paco à sa suite. Il ne voulait pas regarder Chloé, ne voulait pas se demander pourquoi ce Marc lui donnait tant envie de le frapper, ne voulait pas admettre qu'il avait une fois de plus le désir irrépressible de se venger d'elle, de l'attaquer de n'importe quelle façon. De lui faire du mal. Bon Dieu, qu'est-ce qu'il voulait lui faire du mal.

« Pourquoi t'es méchant avec Chloé ? Je croyais que c'était elle que t'aimais.

— Ferme-la. »

Paco se barra à toute vitesse. Étienne était fatigué. Il avait envie de faire des dégâts. Pas la force de s'occuper des blessés. Il shoota dans un pigeon qui traînait par là. Qu'est-ce que ça le tuait de savoir qu'elle avait aimé quelqu'un à ce point. Quelqu'un d'autre que lui. Rien à foutre

que ce soit avant leur rencontre. Ça ne changeait rien à sa colère. Il aurait voulu être le seul. Et il n'était même pas un de ses amours. Et il réalisa qu'il n'était véritablement rien pour elle. Chloé avait beau l'avoir repoussé, il n'avait pas réellement abandonné. Il se disait que ça viendrait. Elle se rendrait compte de son erreur. Un jour ou l'autre. Quel con. Putain quel con. Et puis, son portable vibra. Un message. De Coralie. Elle lui demandait s'il était toujours d'accord pour leur rendez-vous. Qu'elle avait hâte de le revoir. Oui. Bien sûr qu'il était d'accord.

Une fois devant le studio, Coralie et Étienne furent surpris de constater qu'il était fermé.

« Bah, qu'est-ce qui se passe ?

— J'en sais rien… C'est la première fois que c'est fermé un vendredi. J'espère que c'est pas la fin… Je viens souvent ici, tu sais. Je veux dire, pas seulement pour mes séances avec toi. Mine de rien ça a été mon refuge.

— De quoi ? »

Coralie ne répondit pas.

« Bon. On fait quoi ?

— Aucune idée. Comme tu veux. Ça m'est égal. Tant qu'on peut parler et être tranquilles, ça me va. »

Coralie se mordit la lèvre inférieure, resta quelques secondes muette.

« Tu veux venir chez moi ? »

Étienne acquiesça. Coralie lui parla durant tout le trajet sans qu'il puisse réellement se concentrer sur ce qu'elle disait. Il était ailleurs. Peut-être qu'il attendait qu'elle lui demande ce qui n'allait pas. Peut-être n'était-il venu que pour cela. Il la suivit dans la rue des Solistes jusqu'au troisième étage du numéro 23. Entrer chez elle ne lui fit pas grand-chose. Comment aurait-il pu en être autrement. Il regarda autour de lui. Une lampe à tête de Ganesh. Des tissus orangés. Des fleurs de lotus. Des colliers de perles cloués aux murs. Il s'assit.

« Bah alors, c'est quoi cette tête ? »

Étienne sembla alors se réveiller d'un seul coup, se confia sans hésiter, comme s'il n'était venu que pour raconter son amour impossible à celle qu'il ne voyait que comme une confidente, une amie fidèle, un avis extérieur. Un outil pour ses vengeances, aussi.

« Étienne… Je vois bien quel genre de fille c'est. Le genre qui te fait souffrir. Vraiment, oublie-la, ça sert à rien de t'accrocher. Elle t'a recalé, tu dois te faire une raison. Y a d'autres filles dans ton entourage. Et tu laisses pas indifférent tout le monde…

— Qui t'a dit ça ?

— Personne. Je le sais, c'est tout. »

Mais Étienne ne réalisait pas ce qu'elle sous-entendait. Ne se doutait même pas de ce qui aurait pu se passer entre eux. Ne se rendait pas

compte qu'elle était une possibilité. Non, Étienne se disait, je suis en train de déborder, je perds le contrôle. Il se disait quelqu'un doit savoir. Quelqu'un doit toujours savoir.

« Je me sens seul. Je ne m'étais jamais senti seul. Je ne peux pas ne plus la voir. C'est, c'est impossible.

— C'est faux. T'as juste mis un visage sur ta solitude.

— Peut-être, oui. Et c'est justement pour cela que je ne peux pas passer à autre chose. »

Coralie soupira. Elle s'enroula dans un châle au motif Paisley et entreprit d'arroser les herbes médicinales qu'elle faisait pousser sur son balcon.

« Je vois que tu peux vraiment pas te passer d'elle. Tant pis. Mais, au moins, à l'avenir raconte-moi vos moments ensemble, tout ce qui te vient à l'esprit. Comme ça, je te préviendrai si tu te fais descendre sans t'en rendre compte.

— Ouais. Merci, Coralie. »

Étienne n'avait pas envie d'en dire plus. Ne désirait que l'effacement. Une solitude absolue pour s'éteindre quelques heures. Sans avoir à parler. À réagir. Commenter. Produire la moindre expression faciale. Ne plus exister, mon Dieu, qu'est-ce qu'il en avait besoin. Il n'avait jamais saisi que tous ces instants à vivre recroquevillé, coupé du monde, à l'écart de toute trace de sociabilité tout en crevant d'envie de

cohabiter avaient permis de le garder en vie. Et ces derniers temps Étienne n'avait que trop vécu aux yeux des autres.

« Et si on faisait autre chose que de la musique, pour une fois ?

— Qu'est-ce que tu veux qu'on fasse d'autre ? »

Coralie souffla de nouveau. S'éclipsant dans la cuisine, elle revint les bras chargés de toutes sortes de spécialités indiennes, burfis, ladoos et Glab Jamun sur un plateau doré. C'était sa lubie du moment, l'Inde, elle précisa, sans jamais y être allée. Tout cela en souriant tristement. Étienne se sentit soudain sale, dégueulasse même, le genre de salaud qu'il s'était promis de ne jamais être. Il s'empressa d'essayer de se rattraper.

« Oh, mais sinon on pourrait faire euh, des euh, comment ça s'appelle déjà ? Tu sais le genre de crêpe épaisse ?

— Un pancake ?

— Oui ! C'est ça ! On pourrait en faire fourrés au coulis de framboise. C'est plutôt bon et euh marrant à faire… »

Coralie n'attendit pas longtemps avant d'éclater de rire. Et lui répondit qu'elle n'avait pas vraiment de quoi en faire et lui avoua qu'elle avait un peu la flemme de retourner dehors.

« Sinon, on pourrait faire des tests ? »

Étienne se tut quelques instants, sceptique. Épuisé de nouveau.

« Bon d'accord.

— J'ai un tas de magazine et de journaux dans ma chambre. Je reviens. »

En l'attendant, il remarqua une pile de partitions réduites en petits morceaux dans le recoin de la pièce. À ses côtés, son violon. Totalement brisé.

« Qu'est-ce qui s'est passé ?

— J'ai pas envie d'en parler.

— Comme tu veux. »

Étienne n'essaya même pas de chercher plus loin, le regard absorbé par la couverture d'un vieux *ELLE*. Emma Stone en gros plan.

« T'as du temps devant toi ?

— Oui, ça va. La boutique est fermée aujourd'hui.

— Ah oui, c'est vrai que toi t'as un boulot vraiment sympa. J'espère que tu mesures ta chance. On peut pas tous passer ses journées à rêver. »

Sur le même ton, et avec exactement le même taux de sucre dans la voix, elle changea de sujet.

« Quel est ton animal totem, ça te va ? Je te pose des questions et tu réponds. Première question, quel est ton continent préféré ?

— Aucune idée.

— Allez, c'est assez facile. Où tu rêves d'aller ?

— Laisse-moi réfléchir…

— T'as donc vraiment aucun rêve ? Aucun projet ?

— En Inde, alors.

— Oh ! C'est vrai ?

— Pas vraiment.

— On va mettre Asie, je suppose. Ta couleur préférée ?

— Je sais pas.

— Faut bien choisir. C'est un peu le but.

— Bah vert alors. »

Coralie cocha avec application la case correspondante de son stylo pailleté.

« Ton élément préféré ?

— L'air.

— Ah ouais. Pour l'idée de liberté, de légèreté et tout.

— Je pensais pas à ça. Dis, y a encore combien de questions ?

— Trois. Plutôt glace pistache, vanille, chocolat ou fraise ?

— Pistache et vanille.

— Choisis.

— Je peux pas.

— Il faut bien.

— Non, vraiment je sais pas.

— Bon, tu peux faire au moins semblant de t'investir ?

— Ok. Pistache.

— La fille la plus belle de ton entourage a les cheveux de quelle couleur ?

— Hein ? »

Étienne réfléchit à cent à l'heure, son cœur battait vite, beaucoup trop vite. C'était bien une question ajoutée par elle, non ? Il ne se trompait pas ? Que devait-il faire ? Lui faire plaisir ? Dire la vérité ? Partir ?

À quoi il jouait ? Il n'avait plus dix ans. Il se ressaisit.

« Roux. »

Coralie, du haut de son fauteuil en cuir, ne sourcilla pas.

« Et enfin, vacances à la mer, au ski, à la montagne ou n'importe où tant que c'est avec ton âme sœur ?

— Âme sœur.

— T'es vraiment un romantique décidément… »

Coralie baissa la tête, l'air lasse et un peu soûle aussi. Peut-être bien qu'elle l'était.

« Alors ? C'est quoi mon totem ?

— La perruche

— Ah. C'est original.

— Ça te va bien.

— Si tu le dis. »

Le silence s'installa de nouveau.

« Bon. Je crois qu'il est temps pour moi de partir. À la semaine prochaine. »

Étienne rassembla ses affaires en vitesse et s'enfuit sans lui faire la bise, claquant la porte, s'en foutant de la politesse, des apparences, de ce

que Coralie pouvait bien penser de lui, puisque seule Chloé comptait. Il voulait la voir, là, maintenant, tout de suite, toutes les heures de sa vie, il la reconquerrait, oui il continuerait sur sa lancée et on verrait bien. Elle était faite pour lui. Il pouvait bien attendre. Il pouvait bien ne jamais l'approcher comme il le voudrait. Tant qu'il la croiserait encore dans la ville, tant que quelque chose les attirerait toujours au même endroit, tant qu'ils se côtoieraient, il resterait. Il allait la voir. Comme toujours. Elle était là, tout près. Au prochain croisement, il apercevrait une fois de plus sa queue de cheval se balancer au creux de son dos, ses bracelets bouddhistes tinter à ses poignets, son sourire lui donnant l'envie de se désarmer. Au prochain croisement, il l'enlacerait, la charmerait comme il le pourrait, et rien que d'être à ses côtés, ça le galvaniserait. Au prochain croisement, il en tremblerait. Il y était.

Et il tomba sur son père.

Cette fois-ci, leurs regards se croisèrent.

Étienne accéléra le pas.

Et son père, son cher petit père fit de même.

« Eh, Étienne ! Putain, ce que t'as grandi depuis la dernière fois, je t'avais pas reconnu. Mais on me la fait pas à moi, ce regard je le reconnaîtrais entre mille, y a des choses qui changent pas, comme on dit. Eh, Étienne ? Je vois, me réponds pas c'est pas grave. Je comprends tu sais. Je suis pas con, non plus. Je sais que j'ai

merdé. Eh, marche pas si vite. Tu veux tuer ton vieux père ? Allez, Étienne, ça fait si longtemps que j'ai pas entendu le son de ta voix... Tu me manques. Putain, qu'est-ce que tu me manques. Me regarde pas comme ça. Comme si je te terrifiais. Comme si je t'avais fait des choses que tu voudrais oublier. Je sais que je n'aurais jamais dû frapper ta mère devant toi, mais je suis un homme de principes, je frappais pas mes enfants moi, jamais. Et puis, ta mère, tu sais bien lequel genre de pute elle était. Elle était pas si innocente que tu voudrais le croire. Elle se tapait déjà cet enculé de Tony quand on était mariés. Eh ouais. Tu y as jamais pensé ? À pourquoi ils se sont mis si rapidement ensemble après le divorce ? Même pas foutue d'attendre une semaine, cette chienne. C'est pas elle qui aurait dû avoir ta garde, rien à foutre de te choquer en ramenant un autre homme à la maison. Pense qu'à elle, qu'à son petit cul. Et puis, pourquoi je l'ai perdue, cette garde, tu peux me le dire ? J'ai jamais levé la main sur toi, jamais, moi jamais. C'était entre ta mère et moi, tout ça. Rien à voir avec ma capacité à t'élever. Et puis, je buvais pas tant que ça. Ta mère t'a mis trop de choses dans la tête, elle t'a bouffé le cerveau, ça s'est déjà vu. Et du jour au lendemain, plus rien. Vous disparaissez de ma vie, comme si c'était putain de normal. Et vous avez pensé à moi ? Je suis devenu une vraie loque sans vous. Putain de merde qu'est-ce que

je peux faire sans les amours de ma vie ? Tu peux pas savoir ce que ça fait de perdre une partie de soi-même. Même pas un signe. Rien pour me prouver que vous alliez bien. J'en suis devenu fou, tu sais. J'en suis même venu à m'introduire chez vous, une fois, une seule petite fois et je me suis fait arrêter. Ah, ça, ta mère te l'a pas raconté, pas vrai. Et tu sais, le plus pathétique dans cette histoire, c'est que je m'étais trompé de maison. Elles se ressemblent toutes aussi. Je voulais juste revoir mon fils, c'est si grave que ça ? J'ai croupi en prison, tout ça parce que j'ai confondu deux numéros putain. J'ai croupi en prison, tout ça parce que vous me manquiez. J'ai croupi en prison pendant que vous viviez votre vie, sans moi. Étienne… Dis, ta mère, elle est avec un nouveau mec, non ? Tu veux pas me donner votre nouvelle adresse ? Allez, quoi, réponds-moi putain. Je serai impeccable, je vous emmènerai à Los Angeles, en Thaïlande, je vous achèterai une villa avec piscine, je vous ferai vivre comme des rois, putain. Le bonheur ne tient qu'à vous. Vous avez besoin de moi, je peux vous apporter une vie de rêve, j'en ai encore les moyens. Tu te rappelles nos beaux jours ? On en a passé de si bons moments, Rome, Lisbonne, Barcelone, et puis Disneyland chaque trimestre, les montagnes de cadeaux, ça, tu peux pas le nier. Même ta mère peut pas transformer ça. Quelques écarts et vous oubliez tout ce que j'ai fait pour vous.

Toujours pareil. Je suis pas une ordure, je vous aime tellement, vous savez pas à quel point. Allez, Étienne, réponds-moi. Tu vas… Tu vas trop vite… Étienne ! Tu vas chez elle ? Allez, donne-moi leur adresse. On a qu'à passer chez toi, on se regardera un documentaire animalier, on fera des gaufres au Nutella, on jouera au jeu des sept familles, tu vois, Étienne, je me souviens de tout, je connais tout de toi. Étienne ! T'avise pas de t'enfuir. Étienne, Étienne, mais putain, putain, je te retrouverai ! Je vous retrouverai tous et je vous planterai, je prendrai ta mère contre le mur comme autrefois, je me ferai un plaisir de voir ses yeux exorbités pendant que tu dors sans te douter de rien. J'étranglerai d'abord son nouveau mec avec son string de petite pute, je passerai dans la chambre du dépravé qui te sert de frère, je lui enfoncerai son gode de pédé dans le cul, puis, puis j'irai te chercher, non, je t'aurai obligé à assister à tout ça, oui c'est ça, des pinces à linge sur les paupières pour pas que tu y échappes, parce que ça sera de ta faute, ça aurait pu se terminer autrement si t'avais juste montré que je t'avais manqué. Étienne… Putain, Étienne… Je sais même pas si c'est toi, putain… Je, je sais même plus à quoi tu… Je sais même plus à quoi je ressemble. »

C'est encore avec la sensation d'abriter des lames de rasoir au cœur de ses poumons

qu'Étienne se réfugia dans le salon où se trouvait son grand-père. Il voulait tout lui dire, lui expliquer à quel point il avait voulu tout oublier de ces dix premières années. À quel point il avait réussi. Il voulait lui dire à quel point tout ce temps maintenant lui revenait, à quel point ça le tuait, le rongeait, lui rappelait l'enfance qu'il n'avait jamais eue, celle à laquelle il n'aurait jamais droit, condamné à la rechercher à chaque instant dans le sourire des autres. Il voulait lui dire à quel point il ne se posait plus ce genre de questions quand il était avec elle. À quel point tout ce qu'il souhaitait à présent, c'était dormir dans les bras de quelqu'un. À quel point il cherchait une forme d'apaisement. À quel point tout le monde se trompait. Il ouvrit la porte. Il ne s'attendait pas à tomber sur son grand-père buvant un café au lait sous sa couverture violette aux côtés d'une Chloé lisant *La nuit n'est jamais complète*, leurs yeux fixés sur une vieille boîte de chaussures Adidas. Étienne s'approcha doucement pour regarder ce qu'il s'y trouvait. À l'intérieur, c'était le corps de Cosmos qui gisait.

4

Alain fit signe à Étienne de les rejoindre. Sans rien dire, il s'empressa de recueillir dans un petit flacon de Black Opium vide les premières larmes de son grand-père. Chloé savait bien qu'elle devait les laisser dans l'intimité, que le véritable invité était enfin arrivé. Qu'elle n'était qu'une remplaçante balbutiante et débutante d'un collègue bien plus expérimenté qu'elle. Qu'elle n'avait rien à faire là. Mais elle ne pouvait pas s'y résoudre. Sa place était ici, dans ce rite qu'elle ne comprenait délicieusement pas, qui lui parlait sans vraiment savoir précisément pourquoi, semblait représenter enfin le monde tel qu'elle le voyait, ou du moins comme elle aurait voulu qu'il soit. Étienne la dévisagea froidement, l'air de dire qu'est-ce que tu fais là ou ah encore toi. Elle lui fit comprendre qu'elle lui expliquerait plus tard, quand bien même il n'y avait pas grand-chose à raconter. Paco était venu la retrouver au parc. Lui avait confié qu'il voulait pas rentrer tout seul chez son grand-père. Qu'il lui foutait la frousse.

Chloé ne s'était pas fait prier. Sur le chemin, ils avaient parlé de la dissection de souris qu'il ne pourrait jamais faire, des gravillons et des feuilles mortes qui jonchaient le sol de sa cour de récré, de la réflexion du ciel sur le lac où il se baignait pendant l'été, de cigales, de ballerines, de corbeaux, de fées. Ils avaient parlé de ce qu'ils ne pouvaient se résoudre à quitter, de ce que la vie avait de cruel à nous l'enlever, de ce qu'ils avaient le droit d'espérer. Ils avaient parlé de ce qu'on devenait après la mort. Ils avaient parlé de son secret. De l'enfant blessé qu'il avait porté dans ses bras. Il y a des années de cela. Sitôt la porte ouverte, des hurlements avaient résonné, et Paco s'était figé, disant qu'il pouvait pas gérer une crise comme celle-ci, que c'était le boulot d'Étienne, ça. Qu'ils n'avaient qu'à partir sans rien dire. Mais Chloé s'était reconnue dans ces cris. Je m'en occupe, elle lui avait dit. Et la voilà qui se retrouvait aux côtés d'un grand-père qui n'était pas le sien, lisant poème sur poème, à veiller le corps d'un oiseau mort, caressant en frémissant ses plumes encore vivaces, s'improvisait maître d'une cérémonie à laquelle elle était totalement étrangère. Et rien ne pouvait lui faire plus plaisir. Cet Alain, elle l'aimait déjà bien plus que de raison pour une première rencontre.

Celui-ci se dégagea de ses bras, demanda à Étienne s'il voulait rendre le dernier hommage. Chloé s'attendit à ce qu'il refuse poliment, mais

non, il prit la parole dans la foulée, sans une respiration ni un signe de faiblesse, comme s'il avait déjà préparé son texte à l'avance ou qu'il avait fait cela toute sa vie.

« Cosmos. Tu étais ce qui nous reliait au monde oublié et à celle qui y résidait. Messager de ses peurs, de ses joies, de ses tendresses, tu nous as transmis une parole que nous ne pouvions entendre. Pour cela, nous te remercions infiniment. En partant, tu nous laisses au fond du cœur fruits secs, plumes et pâquerettes. Nous les porterons fièrement pour toi et les transmettrons autour de nous. »

Alain acquiesça vivement en s'essuyant les yeux à l'aide d'un torchon de cuisine sale à motifs de coquelicots, le fourrant ensuite dans sa bouche pour en mordiller le bout.

« Maintenant que tu es allé la rejoindre, il nous faut te remplacer. Ton rôle doit être légué. »

Étienne prit le corps sans vie de Cosmos dans ses mains et enfila son manteau en vitesse. Il présenta la perruche à Alain qui lui déposa un ultime baiser sur le bec.

« Étienne, ne tarde pas trop, s'il te plaît. »

Étienne acquiesça et partit sans plus d'explication.

« Tu peux continuer ?

— À lire ?

— Non, tu sais. À faire la suite de la cérémonie.

— Oui, oui, bien sûr. Que dois-je faire ?

— Ce qui te semble bon. »

Cela faisait un sacré bout de temps que Chloé ne s'était pas sentie véritablement désemparée, en position de déséquilibre, de vertige. Ce sentiment de normalité, elle le chassa sans tarder. Elle s'empressa de sortir les objets qui traînaient au fond de son sac, une bille transparente, quelques billets de train étrangement non compostés, une poignée de confettis, une capsule d'œuf de raie embaumant encore l'air marin, une figurine de Barbidou aux yeux tristes, la photo d'un inconnu trouvée lors d'une balade en forêt, toutes ces choses qu'elle avait ramassées cette année sans encore savoir ce qu'elle en ferait, et les disposa soigneusement sur la nappe brodée de tournesols orangés. Alain esquissa de nouveau un sourire, laissant apparaître l'éclat d'une dent en argent où subsistait le vestige de son repas du midi, bob bun au poulet venant du traiteur d'à côté.

« Je vois. Faisons cela alors. »

Il se releva en douceur, dépliant un à un ses os rouillés, les frictionnant avec une huile essentielle, comme pour graisser ses rouages, s'empara un à un des objets avec une précaution extrême pour les disperser dans les différentes poches des manteaux d'Étienne, accrochés un peu partout sur les crochets des murs de l'appartement. Et l'un des nombreux brouillards qui emplissaient Chloé se dissipa tout d'un coup, tout s'éclaircit,

les mines étonnées d'Étienne lorsqu'il plongeait les mains dans ses poches et découvrait un objet insolite, son regard fatigué de se demander pour la centième fois quand il avait bien pu mettre ça là, semblaient constituer pour lui la preuve ultime de son égarement constant, le témoignage de son échec perpétuel à devenir celui qu'il désirait si ardemment être sans vraiment savoir à quoi ce double pouvait bien ressembler. Et Chloé prit la décision de toujours garder le secret sur cette découverte. Ne tenant soudain plus en place, elle se mit en tête d'examiner tous les petits objets sur le bord de la commode, de ceux qui n'ont de sens que pour leur propriétaire et qui sont chargés d'un trop grand passé pour laisser transparaître un peu de beauté. Chloé s'attarda sur une photo de famille prise à Disneyland, Étienne en combinaison Winnie l'ourson, sa mère le tenant par la main. Le père, les entourant de ses bras musclés. Sa gueule brûlée sur le papier. Étienne revint peu de temps après, une petite cage à la main, qu'il ouvrit sans tarder, pressé de combler un vide, une absence, une perte. Une perruche en sortit, laissant dans son sillage une trace jaune et duveteuse et se posa sur la main d'Alain.

« La voilà. C'était elle. »

Alain ferma les yeux, ses paupières tremblant dangereusement, à tel point que Chloé se demanda s'il n'était pas en train de convulser, si elle devait appeler quelqu'un pour le sauver

ou s'il valait mieux le laisser partir ainsi, comme il aurait voulu que sa fin advînt. Et elle se surprit à l'envier.

« Lanterne. Elle s'appelle Lanterne. »

Il plaça délicatement l'oiseau dans l'ancienne cage de Cosmos, prenant garde à remplacer les fruits secs par des graines en tout genre.

« Je vous remercie, tous les deux. C'était une très belle cérémonie. La plus belle de toutes, même. Je vais me coucher. Prends bien soin d'elle, Étienne. Celle-là est spéciale.

— Ça, tu n'avais pas besoin de me le dire. »

Étienne le raccompagna dans sa chambre, lui chuchota marguerites, noix de coco et mosaïque parmi d'autres mots qu'elle ne put entendre, et ferma doucement la porte, allumant une veilleuse d'enfant en forme de champignon.

« Désolé que tu aies dû assister à ça…

— Tu rigoles ? J'ai adoré. Vraiment. Mais, même si j'aime rester en suspens, j'avoue que j'aimerais avoir quelques réponses…

— On va plutôt au magasin ? Ça serait plus sage d'en parler là-bas. »

Ils dévalèrent les escaliers main dans la main et Chloé lui expliqua la raison de sa présence, ne remarquant même pas dans quelle situation ils se trouvaient quand bien même c'était elle qui l'avait saisie, cette main. Une fois arrivé dans la boutique, Étienne commença à décharger un carton de boîtes Lego Ninjago, les empilant

mécaniquement sur le présentoir, comme pour se donner une contenance, quelque chose qu'il pourrait contrôler.

« Ma tante est morte il y a une dizaine d'années. Ça a été terrible pour mes grands-parents, comme tu dois l'imaginer. Leur couple n'y a pas survécu. Ma grand-mère, elle, le vit plutôt bien maintenant. Tu sais, elle est du style, c'est la vie, c'est comme ça. On finit par s'en remettre. Alain, lui, il n'est plus du tout le même depuis. Et il paraît que les années avant que j'emménage avec lui ont été d'une horreur sans nom, on en parle pas vraiment dans la famille. Alors, moi, je m'étais mis en tête que, je sais pas, que j'étais celui qui allait l'aider. Du coup, j'ai inventé cette histoire d'oiseau messager de sa fille morte. Je pensais pas qu'il allait vraiment y croire. Je voyais ça comme un pas vers, j'en sais rien, vers le chemin de l'acceptation, s'il y en a un. Et j'ai jamais eu la force de lui dire la vérité. D'autant plus maintenant que… »

Étienne arrêta subitement de ranger, sa voix faiblissant tout d'un coup, et s'asseyant par terre il s'enfouit le visage dans le pelage blanc d'un phoque en peluche.

« Tu sais, je vis avec lui depuis longtemps maintenant. Et bien sûr, je voyais bien que ça commençait à se dégrader, je suis, je suis pas aveugle non plus… Mais… Putain… Je voulais pas admettre que c'était aussi grave… »

C'est dans ses bras qu'Étienne lui raconta tout, l'Alzheimer de son grand-père qui empirait de jour en jour, son refus de se faire hospitaliser, ses discours de plus en plus brumeux, même pour lui, lui qui se trouvait dans l'incapacité à le convaincre de tenter quoi que ce soit, voulant rester dans l'inaction, laisser les choses venir en espérant quoi au juste, il ne comprenait pas. Il lui raconta ses larmes la nuit, ses nausées de minuit, ses interminables plaidoiries qui ne débouchaient sur rien, qui ne se heurtaient qu'à un silence, un silence de mort, un silence qui ne laissait parler que l'oubli et qui lui donnait l'impression de ne jamais l'avoir connu. Et sa famille qui faisait comme si de rien n'était.

« Enfin. T'es pas venue me voir pour entendre ça.

— Au contraire. Je suis justement là pour ça. »

Étienne lui sourit, ignorant la honte qu'elle ressentit soudain à prononcer cette phrase venant de tout sauf d'elle-même. Chloé enfila alors un masque de Godzilla qui sentait bon le caoutchouc et se jeta en hurlant sur lui, l'agrippa de la même manière qu'elle aurait pu prononcer un je t'aime ou bien se jeter par la fenêtre. Chaque instant portait en lui la fin ou le début de quelque chose, Chloé n'aurait su dire de quoi, mais toujours est-il qu'elle le ressentait, et ce constamment. Étienne parvint à se dégager, saisit une épée en

mousse pour se défendre et tenta une imitation de mousquetaire, caressant une moustache en guidon imaginaire du bout de ses doigts.

« En garde. »

Chloé attrapa un blaster Nerf chargé en retour, se positionnant en dessous du comptoir, à la manière d'un soldat réfugié dans une tranchée.

« Ça, c'est de la triche.

— Durum est lex, sed legis.

— Non. On dit *Dura lex, sed lex.*

— Ah. Cours de latin ?

— Non. Fort Boyard avec Paco.

— Dur. »

Étienne esquiva un à un les projectiles de Chloé. À court d'idées, elle s'empara d'un sabre laser à l'effigie de Buzz l'éclair et le dégaina en imitant un bruit électrique du plus bel effet.

« Oh, tu veux jouer à ça ? Tu ferais mieux de t'abriter... »

Il attrapa un arc appartenant à un déguisement d'Indien et tira à maintes reprises sur Chloé qui finit par recevoir une flèche à ventouse sur le front et s'effondra sur le sol en mimant un râle d'agonie.

« Ouais ! Trop bien ! Je peux jouer aussi ? »

Étienne et Chloé se figèrent à la vue d'une mère catastrophée et de son fils en chemise froissée qui sautait partout dans le magasin en relatant à toute vitesse l'effroyable combat auquel il venait d'assister.

« Euh… Depuis, depuis combien de temps vous êtes là ?

— Trop longtemps, à mon avis. Viens, Gaspard. »

Et ils ne purent attendre qu'ils s'en aillent pour éclater de rire.

5

Chloé enfila une robe de soirée vert émeraude évasée avant de reporter son attention sur un jean taille haute et un top noir en dentelle assez échancré. En ajoutant une dernière touche de fard à paupières pailleté, elle se mit à sauter dans sa salle de bains sur le rythme de *Danse !*, se reconnaissant parfaitement dans ce que chantait Marvin Jouno, se demandant s'il n'y avait pas un lien de parenté entre eux, un ancêtre commun, un gène, une voix. Une dernière touche de gloss et elle se dirigea vers la sortie, enfilant ses bottines à talons à la va-vite, une cigarette déjà vissée à ses lèvres. Quand elle releva la tête, elle considéra son père devant la porte qui lui barrait le passage. Il la regarda quelques instants d'un air dur avant de s'effondrer en larmes sur la chaise de la cuisine. Il la laissa passer sans rien dire.

Le trajet en bus dura une petite demi-heure avant d'arriver chez Nina. Celle-ci émit des cris suraigus quand elle ouvrit la porte et se jeta dans ses bras. Elle la colla pendant les deux

premières heures. Elles dansaient ensemble, buvaient ensemble, fumaient ensemble, rigolaient ensemble, sorte de monstre sexy à deux têtes que rien ne semblait atteindre.

« Je te laisse, j'ai la tête qui tourne, je vais me poser quelque part.

— J'ai la tête qui tourne, c'est ta nouvelle expression pour dire j'ai repéré un mec plutôt mignon ?

— Possible. »

Chloé alla se resservir un verre. Soudain, la musique lui sembla trop forte, les gens autour trop proches. Seule, tout devint trop réel, trop absurde aussi. Elle alla se réfugier dans la première chambre qu'elle trouva. S'allongea sur le lit quelques instants. Soudain la porte se referma.

« Oh, pardon... Je croyais qu'il y avait personne... Je vais aller autre part...

— Non. Tu peux rester. »

Le garçon lui sourit timidement et vint s'asseoir à côté d'elle. Elle le reconnut, une ancienne cible de Nina, Mike, oui, Mike. Chloé se souvint à quel point son amie s'était sentie furieuse et humiliée quand elle avait compris qu'il ne s'intéressait pas à elle. Et merde. Chloé avait beaucoup trop bu. Elle avait la tête qui tournait. Elle voulait qu'on la laisse tranquille. *Je veux qu'on me laisse tranquille.*

« Ça te dérange si je m'allonge deux secondes ?

— Oh non, mets-toi comme tu veux. »

Je viens à peine de fermer les yeux que je sens quelqu'un se frotter contre moi.

« Qu'est-ce que…

— T'es vraiment belle, tu sais. »

Je me mets à rire, nerveusement et je commence à le repousser, sûre que ce n'est qu'une seconde à passer. Des lourds, j'en connais. Ça va passer. Ça finit toujours par passer. Mais il accélère. Commence à me mordiller la peau en glissant une main sous mon soutien-gorge.

« Non… Arrête…

— Continue, ça m'excite. »

D'un geste rapide, il déboutonne mon pantalon tout en me maintenant clouée au lit de son autre bras.

« Les larmes en plus… Putain, t'es parfaite. T'es vraiment parfaite. »

Encore un peu plus et j'en vomirais. Mais je ne suis plus vivante. Les morts ne dégueulent pas. Les morts ne bougent pas. Ils ne peuvent que fermer leur putain de gueule.

« Et tâche de montrer que je te fais plaisir. Je voudrais pas te violer quand même. Ce serait con. »

Je veux me débattre, crier, le mordre, mais je reste tétanisée. Je me dis je suis en train de crever, ça m'arrive à moi. Il glisse une main dans ma culotte.

« Pourquoi tu mouilles pas ? Je suis pas assez bien pour toi ? Espèce d'allumeuse. Tu vas voir. Je vais arranger ça. Voilà. C'est bien mieux comme ça, non ? »

C'est à ce moment-là qu'une fille arrive à défoncer la porte. Trop tard. Je n'existe déjà plus. Elle a été alertée par les cris et a pris quelques secondes pour la forcer. Quelques secondes qui m'ont paru des milliers. Mike se rhabille en vitesse. Lui dit que c'est pas ce qu'elle croit. Qu'elle doit surtout rien dire à sa meuf. Que je suis rien pour lui. Sans blague. Putain, sans blague. Elle le gifle. Une bonne grosse tarte comme on en fait plus. Elle lui dit qu'elle s'en fout de ça. Qu'elle le croyait pas capable de quelque chose d'aussi dégueulasse. Je mets un moment avant de comprendre qu'elle s'adresse à moi, me disant qu'elle hésitera pas à témoigner en ma faveur si je veux porter plainte. Mais c'est pas moi, ça. C'est pas ma vie. Je n'ai rien à voir avec ça. Je suis pas cette fille qui vient de se faire agresser. C'est quelqu'un d'autre. Je peux pas y croire. Putain. Putain. Putain, mais putain bien sûr que c'est moi. Bien sûr que ça vient de m'arriver. Putain.

« Nina… Je veux voir Nina…

— Je vais la chercher. Ne bouge pas, d'accord ? Et toi, t'as intérêt à te casser d'ici.

— Dis rien à Lise, je t'en prie…

— Je vais me gêner. Et si tu veux mon avis, tu devrais surtout te préoccuper de te mettre en quête d'un avocat. »

C'est alors que Mike se jette sur ma sauveuse. Il n'a pas le temps de l'atteindre que déjà, elle lui pulvérise un spray au poivre dans la gueule. Il s'effondre, encore en slip, sur la moquette. Une bande de filles vient pour en rajouter une dernière couche.

C'est pas beau à voir. J'aimerais que ça me fasse du bien. J'aimerais vraiment.

« Tu vois. On est là. Et, malheureusement, c'est tellement rare de n'être pas seule avec ça... Passe-moi ton portable. Je vais m'enregistrer dedans, d'accord ? Tu me recontactes quand tu veux, c'est clair ? Voilà, tu vas dans Coralie, et c'est moi. »

Je hoche la tête. Nina arrive, enfin.

« Mais qu'est-ce qu'il y a, ma belle ? Oh, mon cœur, viens là. »

Elle prend dans ses bras ce qu'il reste de moi. Je sais pas comment, mais j'arrive à lui demander si on peut pas trouver un coin plus tranquille. Coralie nous regarde nous éloigner vers l'escalier qui mène au toit, comme si elle hésitait à nous rejoindre. Mais elle ne le fait pas. Une fois dehors, j'éclate. Je lui raconte tout, d'une traite et chaque mot me fout la nausée. Je m'empresse d'allumer une cigarette. Je maudis cet enculé de dealer d'avoir disparu. J'aurais encore de quoi fumer. Je jette un regard à Nina. Elle s'assoit sur le garde-fou et soupire.

« Chloé... Ne le prends pas aussi dramatiquement. Violer, en voilà un mot fort. On l'utilise à tort et à travers en ce moment. Et puis, de quoi tu te plains ? Non mais regarde ce mec. Qu'est-ce que j'aimerais jouer la soumise avec lui... Franchement tu fais la difficile. Allez, ma belle, essaye de voir les choses en face. T'aurais pu passer un super moment et t'as flippé, ça arrive.

Pauvre garçon quand même… Exciter comme ça quelqu'un pour finalement se défiler, c'est vraiment un comportement de salope, je te le dis en toute amitié. »

Je me fige. Je fonce sur Nina, et je la bouscule avec force. Elle bascule dans le vide. Je suis désormais la seule qui la retient de tomber.

« Chloé, putain, putain, putain, arrête, je vais tomber là, Chloé ! Putain, remonte-moi, vite remonte-moi putain ! »

Mais j'attends. Je relâche la pression sur son corps, lui arrachant un cri, l'obligeant à se cramponner encore plus à moi. Je me penche sur son oreille. Prenant tout mon temps.

« Tu vois ? Tu vois cette peur ? C'est exactement ce que je ressens à chaque fois que je suis avec toi. »

J'attire Nina vers moi, la prends dans mes bras et la balance dans le hamac. Je tire sur ma clope en la regardant essuyer ses larmes.

« Ils ont tous raison. »

Elle relève la tête.

« T'es complètement folle. »

Nina se frictionne les bras. L'air n'est pourtant pas si froid. Peut-être bien en fait. J'en sais rien. Je ressens rien.

« T'es toxique, Chloé. T'es totalement toxique. »

Nina se lève, encore tremblante.

« Ne m'approche plus jamais. »

Et je me réveille.

« T'es sûre ? T'es vraiment sûre que c'est ce que tu veux ? »

Nina me contemple, interloquée.

« Très bien. Tu l'auras voulu. Mais, je te préviens. Si tu crois que tu peux revenir sur ta décision comme la petite reine de la promo que tu sembles penser être, tu peux t'enfoncer ta brosse à cheveux Barbie dans ton petit cul moulé. »

Je jette ma cigarette dans le jacuzzi. Je donnerais tout pour être cette clope. Vraiment tout.

« C'est tout ce que j'ai à dire. »

Et je m'en vais. Je sors. Je veux pas être seule. J'aurais bien appelé Étienne, mais j'ai pas son numéro. Je me rappelle lui avoir dit que les portables ne me réussissaient pas. Je m'en mords les doigts maintenant. Je regarde le ciel. Il pourrait être n'importe quelle heure. Je n'ai qu'une seule solution.

Quand Benjamin Martel arriva, il prit Chloé dans ses bras et elle ressentit une sensation lointaine revenir en elle, la chaleur réconfortante d'une étreinte paternelle. Il l'enroula dans une écharpe écossaise bien chaude et l'entraîna vers la lumière.

« Viens. Tu vas attraper froid. »

Il était cinq heures du matin. Un McDo était encore ou déjà ouvert, ils s'y réfugièrent sans se concerter. Benjamin ne lui disait rien, la laissait respirer, et elle lui en fut reconnaissante.

Ils prirent des cafés et se partagèrent des muffins. Chloé mit une demi-heure avant de pouvoir formuler une phrase.

« Désolée d'être partie sans rien dire l'autre jour.

— Non. C'est moi. Je n'aurais pas dû te raconter tout ça…

— Vous pensez que je suis partie à cause de ce qui est arrivé avec votre fils ?

— Eh bien, oui.

— Vous me décevez. »

Benjamin rit chaleureusement. Il ne lui demanda pas pourquoi elle avait fui. Ils restèrent ensemble, sans rien se dire. De temps en temps, il lui exerçait une brève pression sur la main. Au bout d'un moment, Chloé se mit à pleurer. Elle répétait sans cesse, c'est rien, c'est rien, fais pas attention, c'est le contrecoup, c'est tout.

« Non. Ce n'est pas rien, non. »

Il s'installa à ses côtés sur la banquette.

« Chloé, je sais qu'il est peut-être tôt pour parler de ça mais… Tu devrais porter plainte. Je… Ça me rend malade de savoir que quelqu'un t'a fait du mal. Prends-le comme tu voudras, je m'en fiche. J'ai beaucoup d'affection pour toi. Beaucoup trop, sûrement. Je me suis mis en tête que j'étais, je sais pas. Un substitut de ce qui te manquait dans ta vie. Quelqu'un de la famille sur qui tu peux te reposer. Un tuteur même, pourquoi pas. Peut-être parce que je reconnais en toi

le jeune que j'étais. On se ressemble bien plus que tu ne le penses.

— Alors, si on se ressemble tant que ça, quand est-ce que vous l'avez perdue ?

— Perdu quoi ?

— La rage de vivre. »

Benjamin réfléchit quelques instants. Chloé en profita pour aller commander un milk-shake à la vanille. Quand elle revint, Benjamin téléphonait à voix basse.

« Je prévenais une amie que je ne pourrais pas la rejoindre tout de suite.

— Quel genre d'amie vous attend à six heures et demie du matin. »

Elle le surprit à rougir comme une gamine à qui on aurait crié le tristement célèbre *ouh la menteuse elle est amoureuse*.

« Petit cachottier.

— Du respect pour votre professeur, je vous prie. »

Et Chloé rit pour la première fois.

« Pour revenir à ta question, je pense que j'ai fait le deuil de ma propre vie depuis longtemps. La rage a disparu avec.

— Je vois. »

Chloé tenta de refaire des lacets imaginaires qu'elle n'avait pas aujourd'hui. Elle ne s'en rendit même pas compte.

« Je vais le faire. Je vais porter plainte. Mais, j'aurai besoin de vous... Je peux... Je peux pas

y aller toute seule. Je pensais, je pensais que je pourrais...

— Je serai là. Je serai là car personne ne te demande d'être capable de gérer cela toute seule. C'est tout ce que tu as à savoir. »

Chloé se détendit un peu. Et puis, elles arrivèrent. Des images par flashs, la sueur, les cris étouffés, ses mains, ses mains, l'envie de mourir sur-le-champ. Elle se précipita aux toilettes et vomit tout. À son retour, Benjamin lui tendit un sachet de bonbons à la menthe. Ça lui fit du bien.

« Dis-moi, pourquoi tu as laissé cette Nina avoir autant d'emprise sur toi ? Tu emmerdes tout le monde. Alors pourquoi pas elle ? »

Chloé évita son regard

« Je sais pas. »

Elle essuya une larme avec sa serviette en papier.

« Je sais vraiment pas. »

Chloé se concentra sur sa paille jaune et blanche, comme si elle pouvait retrouver un peu d'innocence en cet instant.

« La vérité, c'est que je perds constamment tous mes repères. Tout semble brisé. Je n'ai plus aucune croyance. Aucune certitude. Je me lève, et dès le réveil ça me prend. Je comprends plus rien, je suis étrangère à tout, aux lieux, aux autres, à moi-même. Comme si je renaissais chaque matin, encore et encore. Chaque résolution du soir est réduite en cendres, et elles se collent à moi,

je dois tout laver une nouvelle fois. Et, dans ces moments-là, je ne peux pas m'empêcher de pleurer. C'est… C'est juste trop pour moi. Alors je dois emmerder le monde, comme tu dis. Pour pas avoir le temps d'y penser. Pour éviter d'avoir envie de crever. Mais elle, j'y peux rien. Sa présence même m'en empêche. C'est tout. »

Martel se leva et lui tint la porte.

« Je connais ça. Ça finit par passer. Je te promets. »

Chloé sortit. En contemplant de nouveau le ciel, elle sut avec qui elle voulait être.

« Benjamin, je dois vous laisser. Je dois aller voir quelqu'un. Désolée. »

Elle se dépêcha d'acheter les billets sur son téléphone. Elle se retourna une dernière fois avant de partir.

« Merci. Merci pour tout. »

Elle ferma son gilet et serra son sac à main, petite embrassade artificielle pareille à une bouée de sauvetage.

« Et ne vous inquiétez pas. Je serai entre de bonnes mains. »

Chloé sonna deux fois. Étienne lui ouvrit au bout d'un moment, les yeux rougis et tombants. Remplis d'espoir aussi.

« Viens. On se barre d'ici. »

6

La brume de mer se lève doucement sur la plage, elle finit par mourir dans la lumière, par se dissoudre dans cet air beaucoup trop dense, saturé, empli de ces milliers de mots retenus qui gravitent à présent autour d'Étienne et de Chloé et qu'ils n'arrivent pas à se résoudre à prononcer. Assis au sommet d'une dune, ils regardent le brouillard lentement s'envoler, léger, indifférent à ce qui se passe autour de lui, rejoignant le ciel désespérément noir d'encre qui suit la mise à mort du jour à cette heure tardive. Quelques enfants jouent encore sur le sable, s'amusent à construire châteaux et citadelles éphémères, bientôt dévastés sauvagement par une vague fulminante d'écume baveuse et destructrice. Ils ont beau construire des murailles, tenter de consolider le tout avec des algues séchées, des coquillages troués et des bouts de bois laissés là par l'orage de la veille, ils savent bien qu'ils ne pourront rien éviter. Quoi qu'ils fassent, peu importe l'intensité de leur détermination, il n'y aura bientôt plus aucune trace de leurs œuvres sur Terre.

« Parfois, je me demande si les gosses auraient pas tout compris, avec leur phobie de l'ennui. »

Étienne ne répond pas. Il ne saurait pas quoi de toute façon.

« Tu veux des enfants plus tard ? demande Chloé.

— Oui. J'espère qu'ils ressembleront plus à Paco qu'à moi.

— En tout cas, mon gosse sera pas un démolisseur de châteaux de sable. C'est tout ce que je demande. Ma seule condition. Si c'est le cas, je sais que ce sera quelqu'un de bien. »

Étienne hoche la tête. Il fait frais. Une heure qu'ils sont là. Une heure qu'ils sont devant la mer, après avoir pris le train sur un coup de tête. Ils sont bien, là, sous la même serviette pour se tenir chaud, à regarder les enfants jouer. En surplomb, Étienne aperçoit leurs parents, installés à la seule table occupée du café *La Perle noire*, silencieux comme toujours, pareils à ces couples qui n'ont rien à se dire, qui ne sont plus que des présences rassurantes restant constamment dans les parages, veillant vaguement l'un sur l'autre. Et ils ne trouvent rien de mieux à faire que rêvasser aux centaines de corps de suicidés que contient la mer aux alentours de l'île aux Goélands, ces mêmes parents qui feraient mieux de s'occuper de leurs enfants, ou au moins de s'intéresser à eux et à leur combat insensé contre l'océan. Au loin, quelques bateaux demeurent malgré la tempête

annoncée. À cette distance, ils ressemblent à des vaisseaux fantômes. Quelques oies bernaches se posent sur les dunes sauvages où poussent des oyats et des chiendents de sable grillés par le soleil pourtant faiblissant de jour en jour. Allumant une cigarette, Chloé embrasse encore une fois la plage du regard, prête attention à l'averse de cormorans qui s'abat soudain sur les récifs. Ils crient et s'affolent comme s'ils craignaient que la nuit les engloutisse. Ragent, s'enragent contre la mort de la lumière, comme sortis d'un poème de Dylan Thomas. Le temps passe. La plage s'est vidée, ne laissant place qu'à l'idée de leur fugue, qu'à la mer qui recouvre les îlots, les pelles et les seaux violets délaissés sur le sable, et même la dune qui semblait pourtant immuable, un dernier rempart contre l'obscurité, mais rien ne l'arrête, elle continue d'avaler tout sur son passage, effaçant ainsi un paysage à présent perdu et insoupçonnable. Elle n'est plus qu'un immense cimetière solitaire et temporaire. À l'ouest, la ville n'existe plus. Elle s'est fondue à la pénombre, s'est évaporée complètement, a perdu de son éclat, de sa lumière, si dérisoire fût-elle. Chloé se lève. Elle entraîne Étienne à l'intérieur d'un bunker abandonné. Le reste d'un feu de camp, quelques couvertures et provisions sont étrangement là. Sur le mur, *Refuge pour ceux qui se perdent* est inscrit en vert. Ils se pelotonnent une fois encore. Alors que la journée aurait pu s'évanouir aussi

rapidement qu'elle s'était enflammée, Chloé prend la parole.

« Moi non plus, j'ai pas toujours été comme ça, tu sais. Enfin, je ne l'ai pas toujours montré. J'étais bien plus calme. Réservée. Effacée, presque. J'avais pas vraiment de potes. Je traînais avec eux que pour les cours. Puis, je rentrais chez moi et je me demandais pourquoi j'étais aussi seule. Si c'était de ma faute. Si tout le monde me haïssait. Je me détestais. Je me foutais des claques, plusieurs fois par jour. Ça allait mieux après, alors je continuais. Je rêvais de casser des trucs. De balancer mes chaussures du haut d'une falaise et de les regarder tomber. De crier sur tout le monde. De tout engloutir. Ça me faisait peur. Ça me faisait vraiment peur. Et j'ai fini par être angoissée par tout. Ça s'est déclenché d'un coup, sur une plage comme celle-ci, en plein soleil. Je me suis rendu compte que j'étais pas éternelle. Que ma fin s'approchait. Depuis, les rayons du jour ne sont qu'aube de mort pour moi. J'aurais voulu faire un procès à la vie. La condamner pour nous obliger à quitter nos parents. À constamment partir d'une vie qu'on aimait. Pour nous obliger à tout voir disparaître petit à petit. Je regardais les heures s'envoler, et ça me bloquait, j'en restais totalement paralysée. Je pleurais. Je m'aimais pas ainsi, alors je me tapais plus fort. Et puis, j'ai plus rien ressenti. Enfin, plutôt

je ne ressentais qu'une chose. Un froid dans la poitrine. La joie, j'y arrivais plus. Elle a disparu. J'avais l'impression que ce que la vie pouvait nous apporter de plus beau était dérisoire, vaguement agréable, et encore. Je me disais que ce n'était qu'arrêter de souffrir. Rien de plus. Je me rapprochais trop dangereusement du rebord de la fenêtre. Personne n'a jamais rien remarqué. Et c'était très bien ainsi. C'était les réveils les plus durs. Chaque matin, tout me revenait en pleine gueule, et je me disais que j'allais pas m'en sortir. Le soir, là oui. J'allais bien mieux. Je me disais, c'est la dernière fois. Demain, je continue sur cette lancée. Je suis prête. Je vais regagner ma vie. Et non. Encore et encore. Jour après jour. Alors j'ai pris une décision. »

La nuit s'est totalement installée à présent. Chloé jette une allumette sur le bois qu'elle a rassemblé sur la plage. Le feu met un peu de temps à prendre. Elle se glisse dans un sac de couchage et ferme les yeux.

« Je me suis mise au défi de ne plus en avoir à foutre de quoi que ce soit. De tout libérer. Tout lâcher. De pas avoir peur d'être trop ou pas assez. De juste arrêter de réfléchir. La solution m'apparaissait enfin. J'en pouvais plus. Je pouvais pas attendre l'excuse d'un nouveau départ. Alors je m'en suis créé un. J'ai changé du tout au tout, du jour au lendemain. Ça n'a pas plu à tout le monde. Bizarrement, c'est le moment qu'ont

choisi mes parents pour se dire que quelque chose n'allait pas. J'ai essayé de leur raconter. Ils m'ont jamais crue. Ont toujours pensé que j'avais subi un traumatisme, quelque chose dont j'avais honte et que je leur cachais. Ma mère est pharmacienne, alors elle s'est procuré des antidépresseurs pour moi. Ça fait des mois que je les prends plus. Je me sentais enfin mieux. J'étais débarrassée de toute envie de disparaître. Je voulais sincèrement vivre et je m'acceptais enfin. Bien sûr, parfois, ça me revient. C'est assez violent. Mais je me dis que, si je supportais ça à chaque seconde auparavant, alors je peux bien m'en accoutumer pour quelques fois de temps en temps. Si je te raconte tout ça, c'est parce que je me suis dit que tu me comprendrais. Que tu accepterais. J'ai pas envie d'en parler plus. Je veux pas ton avis. Je veux juste que tu saches tout ça. C'est tout. Ça me suffit. »

Chloé rapproche son visage de celui d'Étienne.

« Je veux bien que tu m'embrasses aussi.

— T'es sûre ? Je veux dire, c'est vraiment ce que tu veux ?

— Oui. Là tout de suite, c'est ce que je veux. »

Ils s'exécutent. Se cherchent, se trouvent, s'effleurent dans le noir. La nuit perd sur son propre champ de bataille.

C'est la deuxième et dernière fois qu'ils s'embrassent.

7

Étienne venait de quitter Chloé à la gare lorsqu'il aperçut une silhouette familière. Sur un banc, un jeune homme de son âge le fixait à travers ses lunettes rondes, les jambes croisées dans son pantalon noir à pinces, une casquette à la Gavroche vissée sur sa tête. Ce n'était pas la première fois qu'il le voyait, Étienne s'en apercevait maintenant. Une bouffée brûlante de colère vint s'emparer de lui. Rageusement, il fonça dans sa direction, conscient que son propre reflet dans la glace aurait pu le faire frémir s'il venait à le croiser.

« Eh, toi. Pourquoi tu me suis comme ça ? T'es malade ou quoi ?

— Calme-toi, mec. Je veux que ton bien.

— Bizarrement c'est pas ça qui me rassure.

— Écoute, tu reviens de la mer, je parie ? »

Étienne leva la main en l'air, sans trop savoir ce qu'il allait en faire, si cela sonnait comme un mouvement désespéré ou comme une véritable menace.

« Mais bordel, qu'est-ce que tu veux ?

— Elle m'y a amené aussi.

— Hein ? »

Étienne se tut. Il aurait aimé dire quelque chose, mais ses mots restèrent enfermés en lui.

« Je suis Marc. »

Étienne sentit ses jambes se dérober. Il se dit qu'il allait être avalé par le bitume, qu'en dessous il n'y aurait que du vide et que c'était tout ce dont il avait besoin.

« Viens. T'as un peu de temps devant toi ? »

Et Marc lui raconta que Chloé et lui n'étaient jamais sortis ensemble. Qu'elle s'était monté cette histoire dans sa tête. Qu'il vivait déjà avec sa copine à l'époque. C'était elle qui l'avait embrassé au cinéma, sans qu'il s'y attende, puisqu'ils s'y étaient retrouvés sans s'être donné rendez-vous. Qu'ils s'étaient rencontrés par hasard. Ils se croisaient aussi avant ça. Tout le temps. Il se demandait encore aujourd'hui comment elle faisait pour savoir où il était. Mais Étienne ne pouvait y croire. Alors Marc lui montra des messages agressifs, toujours du côté de Chloé, des vidéos dans lesquelles elle tapait à sa porte avec rage. Il lui montra des preuves.

« Désolé si je t'ai fait flipper, mais je devais te prévenir. Je vous ai croisés une fois. Puis deux. Puis trois. J'ai vu que vous aviez l'air plutôt proches. Ça aurait été salaud de ma part de te laisser dans cette situation, pas vrai ? »

Personne, personne ne pouvait savoir ce qui animait Étienne à ce moment-là. Et encore moins lui.

« J'en ai rien foutre de tout ça. »

Il l'attrapa par le col.

« Pourquoi... Pourquoi t'as envie de briser le bonheur des gens. C'est... Je comprends pas, quelle satisfaction au juste ? Non, vraiment dis-moi là, je suis curieux de savoir.

— Je voulais juste t'aider.

— M'aider. M'aider. Putain, t'as gâché tes chances avec une fille parfaite, c'est ton problème. Laisse-moi en dehors de ça. »

Étienne criait, un peu trop fort. Marc se leva, l'air dépassé. Étienne se demanda si Charlie recevait les mêmes types de regards que celui qu'il encaissait maintenant.

« Ok. Je vois que vous vous êtes bien trouvés. »

Marc lui tapa dans le dos et s'en alla, et Étienne se dit que tout cela n'allait rien changer. Que rien ne pouvait altérer son regard sur elle, rien qui ne pourrait être oublié, rien qui l'empêcherait d'être à ses côtés. Non. Rien.

III

1

Nina,

Rien ne va plus depuis que tu es partie, Nina. Tu me manques. Putain, qu'est-ce que tu me manques. Je voudrais juste entendre ton rire encore une fois. Adresse-le-moi comme autrefois. Autrefois, oui. C'est bien l'effet que ça me fait depuis la dernière fois. Reviens-moi. Je ne pensais rien de ce que je t'ai dit. Je voulais pas te faire du mal. Il faut me croire. J'avais bu, tu sais bien que j'avais vraiment trop bu, Nina. C'était pas moi. C'était pas nous. Alors pourquoi s'en soucier ? Pourquoi nous éviter alors que nous n'avons rien à voir avec ces filles-là ? Laissons tout ça de côté. On a passé l'âge de s'en vouloir. On est plus fortes que ça. Notre amitié vaut mieux que ça. Nous avons besoin l'une de l'autre. Si tu n'as pas déchiré cette lettre, si tu es au moins touchée par ce que je viens de t'écrire, si tu penses pouvoir nous laisser une dernière chance, alors ne m'ignore pas. Ne m'ignore plus. Je ne peux pas le supporter. À très vite, je l'espère.

Chloé.

Nina,

Je comprends. Je comprends tout maintenant. Comment ai-je pu être aussi aveugle. Comment ai-je pu penser que tu m'aimais moi, que tu m'appréciais, me trouvais digne d'intérêt, alors que tu ne voyais en moi que quelqu'un d'assez con pour t'adorer, t'aduler. Tu me fais souffrir parce que tu supportes pas que je ne t'appartienne pas. Que je me rapproche trop des autres. Tu me fais du mal, et pourtant tu restes la seule qui peut me consoler. Tu crois avoir du pouvoir sur moi. Tu crois que je peux plus me passer de toi. Et le pire, c'est que tu as raison. Mais plus maintenant. Tu crois que je t'ai pas vue traîner avec Marion ? Tu crois que tu peux me remplacer ? Tu crois que ça va être pareil ? Je sais bien ce que tu fais. Elle est rien pour toi. Tu veux juste me rendre jalouse. Ça se passera pas comme ça. Tu retrouveras jamais ce que tu trouvais en moi. Et je me laisserai pas prendre une deuxième fois. Oublie-moi comme je t'oublie. Et souffre. Je t'en prie, au nom de tout ce que tu m'as fait, souffre pour moi. C'est tout ce que je te demande.

Chloé.

Nina,

Va crever en enfer, sale pute, connasse, je te déteste, putain qu'est-ce que je te déteste, je voudrais juste revenir en arrière pour te hurler de me laisser tranquille, te crier que je te hais pour que tu te rendes enfin compte à quel

point c'est inscrit dans tes veines de faire le mal autour de toi, connasse, pétasse, salope, tu me donnes envie de gerber, je vais te briser comme tu m'as brisée, putain j'aurais dû te laisser tomber dans le vide, ça t'aurait plu pas vrai, tout le monde qui parle de toi, qui dit à quel point tous te regrettent, oui j'aurais dû faire ça, mais ça aurait pas suffi, non, non, t'as pas payé ta dette envers moi, t'as rien connu qui pourrait t'effleurer, qui pourrait te faire t'écrouler, compte sur moi, tu dormiras plus, tu pourras même plus suivre un cours sans avoir les larmes aux yeux, ça te lâchera jamais, jamais, jamais et si par bonheur ça disparaissait quelques instants tu t'en rendrais compte et ça reviendrait, tu ne pourras jamais ne plus penser, et là, enfin là, tu t'approcheras de ce que je ressens avec toi, compte sur moi, je vais tout faire pour, car t'as fait une erreur en me confiant tes secrets les plus honteux. J'ai les moyens de te détruire. Et je le ferai. Je le ferai.

Chloé.

Nina,

Mon amour, partons. Laissons tout le monde derrière nous, claquons la porte et vivons heureuses. Je veux passer toute ma vie avec toi. Je veux bâtir quelque chose avec toi. Je veux qu'on habite ensemble dans un temple au sommet d'une montagne, qu'on se promène dans la forêt à la recherche d'esprits cachés dans la mousse, qu'on se baigne nues dans les rivières. Je veux nous laisser une chance. Tu as bien dû le sentir, toi aussi. Cet apaisement à être

à sa place. Cette sensation d'avoir comblé un gouffre. De ne plus pouvoir être abattu en plein vol. On a fait des erreurs, et alors. On les surmontera. On en sortira grandies. On se fera encore un peu mal, parfois. Mais rien de bien méchant. Et puis un jour, tu te marieras. Et je serai encore là. Tu élèveras tes enfants, et je serai là. Tu iras au bout du monde pour tourner avec les plus grands, et je t'attendrai. Et puis tu vieilliras. Tu t'épuiseras. Tu mourras. Et je serai là. Je sacrifierai ma vie pour toi. J'accepterai de ne vivre que par ton regard. Si tu peux me pardonner.

Chloé.

Nina,

Mon songe atroce, ma raison de m'asphyxier, mon courant d'eau glacé, mon linge trempé, mon laurier-rose, ma fêlure, mon rêve brisé, mon cactus, mon insuffisance pulmonaire, mon cocktail trop chargé, ma cubo-méduse, ma lumière mourante, ma sève, mon calcaire, mon calvaire, mon électricité statique, ma reconnaissance, mon essence, mon double, mon moi, mon asthme, ma clope, ma cendre, mon drap, mon anémone, ma digitale, ma putain, ma tendre, mon souvenir enfui, mon hydromel, mon insomnie, mon hirondelle, mon ensanglantée, ma disparue, mon insuline, mon rat mort, ma marée noire, ma rivière de pétrole, mon corps, mon foie, ma secte, mon temple perdu, mon adoration, ma cannibale, mon déséquilibre, ma funambule, ma torpeur, ma turbine, ma lame de rasoir, ma corde, ma pendue,

ma sorcière des marais, ma malédiction, mon cœur arraché. Mon rite funéraire. Mon éternité. Tue-moi.

Encore une fois.

Chloé.

Chloé ajouta le timbre à la dernière lettre. Hésita quelques secondes. Et les envoya toutes.

« T'es prête ?

— Oui. Merci de m'accompagner.

— C'est normal. »

Au début, Chloé pensait que le plus dur était passé. Qu'une fois entrée dans le commissariat, qu'une fois la décision prise, tout allait se dérouler sans encombre. Elle était la victime, elle allait à l'endroit où elles sont entendues. Le professeur Martel lui avait demandé pourquoi elle ne voulait pas aller au poste de la rue Bois-Joli. La réponse était simple. Éric ne pouvait être mis au courant. Personne ne devrait.

« On vient porter plainte. Pour viol.

— C'est vous qui vous êtes fait agresser ?

— Euh, non, je l'accompagne.

— Alors je ne veux entendre que la victime. Suivez-moi. »

Le policier, un homme dans la cinquantaine à la peau rougeâtre et aux lunettes pleines de graisse, les conduisit dans une autre pièce.

« Alors…

— Chloé.

— Chloé, je vais vous demander de me raconter les circonstances de l'agression. Vous sentez-vous capable de le faire ?

— Oui.

— Bien. »

Chloé débita sans réfléchir presque mot à mot ce qu'elle avait déjà raconté à Benjamin et à Nina, comme elle aurait récité un monologue sans le jouer ni le comprendre.

« Bien. Je vais maintenant vous poser une série de questions. Répondez simplement par oui ou par non. Est-ce clair ?

— Oui.

— Bien. »

L'agent finit de remplir une fiche de renseignements et se redressa sur sa chaise.

« Vous étiez donc à une fête ?

— Oui.

— Aviez-vous bu durant cette fête ?

— Oui.

— Aviez-vous fumé des substances illicites durant cette fête ?

— Non. Enfin, on m'a passé un joint.

— C'est donc oui. »

Il cocha une case avec un léger sourire.

« Ayant donc trop bu, vous vous êtes donc éclipsée dans une chambre à l'écart des festivités. Confirmez-vous cela ?

— Oui.

— Vous étiez alcoolisée, et vous vous êtes assoupie quelques instants avant que ledit suspect n'entre. Est-ce exact ?

— Oui.

— Bien. Alors comment pouvez-vous être sûre que c'est réellement arrivé ? Que vous n'avez pas tout imaginé ?

— Enfin...

— Monsieur, ce n'est pas à vous que je m'adresse. »

Chloé ne répondit pas. Serra plus fort son sac contre son cœur.

« Bien. Admettons que cela soit arrivé. Est-ce que vous lui avez demandé de partir lorsqu'il est entré dans cette chambre ?

— Non...

— Donc, vous étiez seuls, tous les deux, dans une chambre lors d'une soirée étudiante avec ce que cela sous-entend, et vous êtes celle qui l'avez accueilli dans cette chambre, à l'écart des autres.

— Oui, mais...

— Vous avez bien conscience de l'ambiguïté de la situation ?

— Non. Absolument pas.

— Vous ne savez donc pas comment les hommes fonctionnent... »

Chloé aurait pu vomir si elle avait réussi à manger quelque chose avant de venir.

« Quand vous l'attendiez, aviez-vous pris une position suggestive ?

— Non…

— Avez-vous conscience que du moins votre tenue l'était ? Je vois que vous m'avez apporté une photographie de vous et de l'agresseur plus tôt dans la soirée. Vous semblez bien plus exposée et dénudée que les autres filles sur la photo.

— Je peux pas vous laisser dire ça.

— Monsieur, c'est bien simple, vous n'avez rien à dire dans cette histoire. Si vous intervenez encore, je vous ferai sortir. »

Chloé ne put répondre.

« Vous êtes-vous débattue ?

— Je ne pouvais pas, j'étais…

— Vous êtes-vous débattue ?

— Non.

— Bien. Avez-vous verbalisé votre refus ?

— Oui.

— Combien de fois ?

— Une fois.

— Une fois. Et comment l'avez-vous exprimé, cette seule fois ?

— J'ai dit non, arrête.

— Je veux dire, avec quel ton ?

— Je comprends pas.

— Aviez-vous une voix douce, équivoque…

— Mais qu'importe si c'était le cas. J'ai dit non.

— Il y a plusieurs manières de dire non. Certaines peuvent s'entendre comme un oui. En était-ce un ?

— Je ne pense pas que ça soit possible.

— Vous ne pensez pas, mais vous ne m'avez pas dit non. »

Chloé sentit le professeur Martel s'agiter à côté d'elle. Mais elle comme lui ne pouvaient dire quoi que ce soit.

« Vous a-t-il pénétrée ?

— Oui. »

La douleur, ses mains sur elle, sa présence en elle, son regard, son souffle, son cri. Bien sûr qu'il l'avait pénétrée.

« A-t-il utilisé un préservatif ?

— Oui...

— Bien. Vous croyez vraiment qu'un violeur aurait pris le temps de se protéger ? »

Chloé ouvrit la bouche sans que rien puisse en sortir.

« Je ne peux pas enregistrer votre plainte. Les preuves sont insuffisantes à mes yeux et les circonstances trop ambiguës. Au revoir. Passez une bonne journée. »

Chloé sortit en courant. Vomit dans la poubelle la plus proche. Et s'écroula sur le sol, la tête appuyée contre la devanture rouge d'un restaurant chinois.

« Chloé, je te jure qu'on va pas en rester là... On va, on va trouver le moyen, on ira autre part... On appellera cette Coralie, je sais que tu voulais pas mais...

— Non. Plus jamais ça. »

Et Benjamin ne reconnut pas son regard.

2

Quand Chloé entra dans son café préféré dans l'espoir d'y retrouver un peu de réconfort et qu'elle aperçut Étienne attablé en train d'éplucher des catalogues de jouets, elle sut que quelque chose n'allait pas. Elle s'assit à sa table, se trémoussa pour enlever sa veste en cuir, et ce fut comme s'ils ne s'étaient jamais connus.

« T'es là, dis donc. Bien sûr que t'es là.

— Eh bien, contente aussi de te voir... »

Elle commanda un cappuccino au caramel et lui arracha des mains le fascicule consacré aux déguisements, se rappelant soudain avec émotion leur première rencontre.

« C'est vraiment bizarre.

— De s'extasier sur des catalogues de jouets à mon âge ? Oh, je ne suis pas de cet avis, tu sais...

— Chloé. Arrête. »

Sa voix fut coupante. Glaçante. Et emplie d'un discret sanglot.

« Je trouve ça étrange qu'on se croise aussi souvent.

— C'est maintenant que tu t'en rends compte ? Évidemment que c'est bizarre, bizarre et beau.

— Tu comprends pas. »

Étienne la regardait avec une telle haine qu'elle en fut frappée de terreur et hésita à s'enfuir sans un mot.

« Eh, Étienne ? Qu'est-ce qui t'arrive, merde ?

— Rien. Oh rien. »

Il mordit avec force dans son croissant, essuya d'un revers de main les miettes qui étaient tombées sur son jean et regarda les gouttes de pluie se déverser sur les vitres et sur le dehors.

« Rien. Je trouve juste étrange que tu sois ici, au moment où je décide d'y aller.

— Qu'est-ce que tu me fais là, encore. Eh, Étienne, j'habite littéralement à cinq minutes de chez toi. C'est le seul café cool du coin. Bien sûr que j'y vais. Même plus souvent que toi je pense.

— Oui. Oui, c'est vrai. »

Étienne sembla revenir à lui-même tout à coup, il avait revêtu sa douceur habituelle, cet éclat moelleux logé quelque part dans sa pupille et qu'il ne posait que sur Chloé, sur elle et sur tous ceux qu'il avait un jour sincèrement aimés.

« Désolé, je sais pas ce qui m'a pris.

— Ah bah moi non plus… »

Étienne lui sourit, et sans qu'elle sache pourquoi, entreprit de lui caresser la joue. Elle aimait bien cette sensation, alors elle le laissa faire.

« C'est drôle. La première fois, j'ai échoué à te proposer un café. On l'a finalement.

— Désolée de te contredire, mais vu que tu as pris un…

— Jus épinard concombre cresson.

— Oulala Un jus épinard concombre cresson, je ne peux pas vraiment officialiser cet événement. On va devoir se refaire ça. Quel dommage. »

3

« Oui, allô, Coralie. C'est moi. Étienne. Dis, ça te dirait de se refaire une répète ? Je sais que je suis pas venu aux deux... Non, aux trois dernières... Je suis désolé... J'étais occupé.

— Tu tombes assez mal... Je suis en train de faire mes bagages...

— Hein ?

— Je me suis décidée, Étienne. Je pars. »

Étienne s'arrêta net devant le fleuriste, ne prêta pas attention aux guêpes, abeilles et bourdons qui voltigeaient au-dessus de sa tête, et se perdit dans la contemplation d'un bouquet de myosotis et de pivoines, comme si celui-ci pouvait lui expliquer ce qui était en train de se passer, s'il avait des raisons de s'inquiéter.

« Mais, mais, mais, où ?

— Oh un peu partout. Inde. Japon. Mongolie. Chine. Peut-être au Cambodge aussi.

— Oh. Génial. Tu me raconteras ça à ton retour.

— Je ne reviendrai pas.

— Mais… Depuis quand tu…

— Ça fait quelques années que j'avais ce projet de partir. J'ai enfin amassé assez d'argent. Mais, si ça peut te rassurer, même mon mec, enfin mon ex, n'était pas au courant.

— Ton mec ? »

Étienne accéléra le pas sans comprendre, passa dans une rue fantôme aux multiples magasins éternellement fermés, et tourna à droite avant de revenir sur ses pas, s'étant trompé encore une fois. C'était pourtant le chemin pour aller chez sa mère. Il devrait le retenir depuis le temps. Étienne se rendit soudain compte qu'il était encore au téléphone avec Coralie et que celle-ci n'avait pas parlé depuis quelques secondes déjà. Coralie. Un mec. Il ne comprenait pas. Elle ne l'avait jamais mentionné.

« Étienne… À ton avis, pourquoi est-ce que je fuis ? »

Étienne se fit percuter par une grand-mère entraînée par la force de son labrador, perdit légèrement l'équilibre et se remit rapidement en marche, voulant à tout prix se concentrer sur ce qu'elle était en train de lui dire.

« À ton avis, pourquoi je voulais tant que tu m'apprécies ? »

Il passa devant une femme en peignoir blanc balançant du haut de son appartement les affaires de son mec qui lui hurlait d'arrêter sans pour autant les remarquer réellement, ignora Charlie et Balkany qui faisaient la manche devant le

Carrefour de la rue La Tombée, regarda sans la voir une petite fille en robe jaune souffler sur ses éraflures pour ne pas pleurer. Étienne évoluait hors du temps. Étienne ne se concentrait que sur la voix qui lui parvenait. Étienne commençait à comprendre ce qui se passait. Et il aurait préféré ne jamais l'avoir appelée.

« Pourquoi je traînais autant dans ce studio. Pourquoi je ne porte que des cols roulés et des manches longues. Pourquoi je bois autant. Pourquoi j'avais besoin de toi ? »

Étienne déglutit difficilement et scruta le ciel rosé, teinté de taches d'un violet orangé, comme il aurait cherché une échappatoire, un moyen de s'évader. Peut-être qu'il ferait mieux de s'en aller lui aussi.

« Si… Si t'avais montré que je t'intéressais, alors là oui, je serais restée. J'aurais réussi à le quitter. Je me serais sentie protégée avec toi. Mais ça s'est pas passé comme ça. Alors, je pars seule. À un endroit où personne pourra me retrouver. »

Étienne ralentit le pas, voyant qu'il approchait déjà de l'appartement de sa mère. Il s'arrêta devant un magasin de vêtements pour enfants et réalisa qu'il tremblait.

« Désolé… Désolé de pas avoir compris dans quelle situation tu étais. »

Étienne se mordit l'intérieur de la joue et se mit à jouer avec une figurine qui traînait dans sa poche.

« Désolé d'avoir rien vu. »

Coralie se tut longtemps. Tellement longtemps qu'Étienne se demanda si elle n'avait pas raccroché. Mais non. Coralie était toujours là, à l'autre bout du fil, elle respirait, oui, il l'entendait. Ce fut au moment où il allait laisser tomber qu'elle reprit.

« Je t'en veux pas. Je t'en veux pas parce que tu vis pas dans le même monde que nous. Pour toi, la vie est rose. Tes seuls soucis, c'est de savoir si ton amour est réciproque. T'as pas à trimer comme un chien. T'as pas la peur au ventre. Tu te fais pas frapper. T'es au courant de rien, ou tu veux rien voir, je sais pas. Non, toi, tu vends des jouets à des gosses. T'as pas la fille qui te plaît. Et tu viens te plaindre chez moi. Et tu te barres, tu donnes plus de nouvelle, comme si j'avais jamais existé. Alors, non, je t'en veux pas d'être un véritable connard. Mais ça ne t'empêche pas d'en être un. Adieu, Étienne. Merci de m'avoir montré que j'avais pas ma place ici. »

Et Coralie raccrocha. Étienne souffla longuement, voulant se vider de lui-même, de tout ce qu'on lui reprochait. Ce n'était pas ça dont il avait besoin, avant d'aller voir sa mère, de l'affronter encore une fois. Il aurait voulu du réconfort. Et c'est exactement parce que c'était ce qu'il cherchait en l'appelant qu'il méritait tous ces mots.

Étienne sonna. Sa mère apparut rayonnante, parfaitement maquillée de vert, vêtue d'un châle en satin gris-de-lin et d'une robe jaune tout droit sortie des années 1950. Et sembla épuisée d'un seul coup, comme avant, sitôt qu'elle se rendit compte que c'était son fils qui était venu la voir. Elle prenait des années en rajeunissant de la sorte.

« Oh, Étienne. Ça fait longtemps. T'arrives trop tard, Ernest vient de partir faire un tour avec Paco. Si tu veux, je les appelle et tu les rejoins…

— C'est pas lui que je viens voir. C'est toi.

— Oh. Et à quel sujet ?

— Justement. Au sujet du fait qu'une mère dise cela à son fils quand il vient la voir.

— Étienne, commence pas… Je suis fatiguée…

— Oui. Depuis le temps, je sais que tu es fatiguée. »

Sa mère resta plantée là, à l'observer froidement, avec sa mine de médecin sentant bon l'éther, dressant le diagnostic de tout ce qui ne collait pas chez son fils. Elle faisait toujours ça. Oui, elle faisait toujours ça et pourtant, Étienne ne s'y était toujours pas habitué. Sans doute n'y arriverait-il jamais.

« Je peux m'asseoir au moins ? »

Dalia le laissa finalement entrer. Ils s'assirent sur un minuscule canapé taupe capitonné. Ils redoutaient tous deux l'orage qui allait bientôt

s'abattre au-dessus d'eux. Ils étaient là pour ça. Ils ne pouvaient fonctionner autrement désormais. Alors ils attendaient. C'était à celui qui parlerait le premier, celui qui se déciderait à lancer la première banalité. Ils n'y pouvaient rien. Depuis qu'ils avaient échappé au pire, ils ne s'étaient jamais autant détestés et aimés en même temps. Mais ça, Étienne ne pouvait le formuler. Maman, je t'aime, maman, ces mots-là sonnaient étrangement dans sa bouche. Comme s'il ne les pensait pas réellement. Et pourtant il était de nouveau chez elle, à vouloir gagner l'amour d'une femme qui ne voulait plus entendre parler de lui. Il appartenait à son passé, lui rappelait constamment ce qu'elle voulait oublier. Sa présence même la crispait, elle n'y pouvait rien. C'était comme ça. C'était comme ça, et ils ne pouvaient l'accepter.

« J'ai croisé papa, tu sais.

— Oh. Et donc ?

— Rien. C'est assez anormal pour se passer de commentaires.

— Tu dis ça, mais t'as toujours été de son côté.

— Hein ?

— Il me battait, et toi tu disais rien.

— Putain, maman, j'avais même pas dix ans, qu'est-ce que tu voulais que je fasse ?

— Je sais pas. N'importe quoi. »

Étienne alla se chercher une bière dans le frigo. Il y en avait toujours une fraîche pour lui, juste

pour lui, au cas où il passerait. Il se raccrochait à cet espoir. Quoi qu'elle puisse dire, peu importe combien de fois ils s'étripaient, combien de fois ils se déchiraient, qu'importe les verres brisés, les chaises renversées, qu'importe combien de sang se mettait à couler, sa mère l'attendait. Et ça lui suffisait pour espérer.

« J'avais besoin de toi. T'as jamais rien fait. Tu peux pas savoir à quel point c'était lourd à porter pour moi.

— Et moi ? T'as déjà pensé à moi quand tu me réveillais à trois heures du mat' pour me raconter à quel point j'étais le seul qui t'empêchait de te tailler les veines ? T'as déjà pensé à moi quand tu me racontais comment tu comptais te supprimer ? Tu crois que c'est quelque chose qu'un gosse peut supporter ?

— C'était la moindre des choses. T'écoutais au moins. C'est le minimum. Mais t'as pas été là non plus quand Tony me trompait.

— Tu voulais que je fasse quoi ?

— Cherche pas d'excuses. T'as rien fait, c'est tout. »

Étienne se passa la main sur le visage, serra la rampe d'escalier pour ne pas casser quelque chose encore une fois.

« Mais, maman, t'attends quoi de moi ?

— Que t'arrêtes de me détester. Que t'arrêtes de te rallier aux hommes de cette famille sans penser à moi. Ton père. Puis celui de Paco.

Et maintenant ton grand-père. Le seul que t'aimes pas c'est Ernest, le seul digne d'amour. Faut vraiment être tordu. Tu dois tenir ça de ton père. »

Étienne se rassit, sa blonde à la main, tenta de la décapsuler en tremblant. Dalia la lui arracha des mains et la lui ouvrit. Comme à chaque fois.

« C'est faux. J'ai jamais été du côté de papa, ni de Tony. Grand-père, c'est différent. Il avait besoin de moi.

— Ah parce que moi j'avais pas besoin de toi ? Et si tu parles d'Hannah, je te rappelle que c'était ma sœur, aussi.

— T'as raison. Peut-être que j'ai pas été là pour toi. Mais toi, t'es pas là pour ton père. C'est moi, moi, maman, qui dois m'occuper de tout, tout le temps, moi qui dois gérer sa tristesse, moi qui dois calmer sa folie, moi qui dois le convaincre de se faire hospitaliser, moi, moi et toujours moi, et toi, t'es même pas allée le voir en sept ans, t'as même pas cherché à le joindre quand t'as su pour son Alzheimer, rien, rien, alors de quel droit tu oses faire des reproches, de quel droit tu reproches à un gamin ce que toi en tant qu'adulte tu ne fais même pas ? »

Dalia se leva, fouilla nerveusement dans une pochette à paillettes et en sortit un paquet de Camel encore plastifié. Cela faisait cinq ans qu'elle n'avait pas fumé.

« Il s'est jamais occupé de moi. Ni de ma mère. Il s'en foutait de notre douleur à nous, a refusé de voir qu'il était pas le seul à avoir perdu quelqu'un. Je lui renvoie la pareille, c'est tout. »

Plus que tout, Étienne détestait voir sa mère pleurer. Il en avait tant voulu à ceux qui la rendaient aussi fragile, aussi hors d'elle. Il s'était tant de fois juré de ne jamais, jamais lui faire du mal, de ne jamais leur ressembler, de toujours être là pour elle. Et voilà que les rôles s'inversaient.

« Il veut pas se faire soigner. C'est son choix. Ça nous regarde pas. »

Dalia scruta la nuit qui était enfin tombée. Peut-être espérait-elle voir arriver Ernest et Paco. Peut-être désirait-elle la présence de sa famille. Peut-être ne voulait-elle rien de tout ça.

« Et tu devrais respecter son choix. »

Elle écrasa sa cigarette dans un pot de bégonia et retourna auprès de son fils. Elle l'enlaça timidement et se mit à jouer avec les mèches de ses cheveux.

« Merci. »

Étienne n'osait même plus respirer.

« Merci d'être un aussi bon grand frère. T'es le héros du petit. Ça, je pourrai jamais te l'enlever.

— C'est normal. C'est mon frère.

— Oui. Et moi, je suis ta mère. Et là, par contre, ça devient plus normal…

— Oh putain…

— Là, ça y est, on peut la laisser se faire maltraiter, on peut même y prendre du plaisir tant qu'on y est. »

Étienne se dégagea violemment, renversant le contenu de la bière sur le tapis à franges multicolores au passage.

« Chaque fois, chaque fois, c'est pareil, t'es jamais foutue de me faire un compliment, ça t'arrache la gorge de savoir que je suis pas le salaud que tu voudrais que je sois, alors faut que tu me craches dessus. »

Étienne partit chercher du Sopalin dans la cuisine en bois pour réparer les dégâts.

« C'est à toi, maman, putain, à toi de me protéger, pas l'inverse. Ça, tu l'as jamais compris. »

Quand il revint, sa mère ne le regardait même plus. Elle avait ouvert une bouteille de chardonnay et se battait avec un paquet de chips à la truffe.

« Je pensais que mon fils serait quelqu'un de bien. Quelqu'un qui respecterait sa mère, qui protégerait les opprimés, qui serait un homme. Mais non. Tout ce que j'ai, c'est un lâche se cachant dans les jupons de son père. Une vraie gonzesse. Qu'est-ce que j'ai foutu pour avoir deux fils sans la moindre virilité ? Mais tu vois, Paco il a beau avoir des goûts de fillette, il a déjà plus de couilles que toi. Lui, lui il m'aurait défendue du temps de ton père. Lui arrêtait pas de dire au sien qu'il fallait qu'il arrête de me faire du mal.

— Et ça lui a valu la plus grosse tarte de sa vie.

— Lui, c'est un homme, tu vois. À cinq ans déjà, il défendait sa mère.

— Et toi, t'as jamais été foutue de protéger les tiens. »

Sa mère le gifla. Ils n'en étaient jamais arrivés à ce stade-là.

« Comment oses-tu… »

La main devant la bouche, elle attrapa un mouchoir pour essuyer le mascara qui coulait sur ses joues fardées.

« Sors. Dégage. »

Dalia pleurait en silence. Étienne tenta de poser la main sur son épaule couverte de grains de beauté.

« Maman…

— Dégage je te dis. »

Elle l'écarta d'une pichenette et se resservit un verre, les yeux emplis des fantômes de leur vie d'avant.

« Mais, maman…

— Tu me dégoûtes. »

Étienne se dirigea lentement vers la porte. Jeta un dernier regard à sa mère.

« Je veux plus te voir. Je te le dis chaque fois.

— Oui. Et pourtant, je reviens. Chaque fois. »

Et Étienne claqua la porte.

Étienne prit place dans la queue de la seule salle de concert du coin. Il ne lui fallut pas beaucoup

de temps avant d'apercevoir Chloé au loin. Les battements de son cœur s'accélérèrent, c'est pas vrai, putain, elle le pistait vraiment, là c'était trop gros, comment avait-elle pu savoir, est-ce qu'elle l'avait suivi toute la journée, était-elle quelque part non loin de là quand il téléphonait à Coralie, était-elle cachée derrière des plantes d'intérieur chez sa mère, était-elle toujours près de lui ? Dormait-elle près de lui ?

« Alors, prêt pour le concert de ta vie ? Oh, non, Étienne, arrête avec cette tête-là. Oh non, tu vas pas me faire le coup encore... Tu te rappelles pas ? On a pris les billets ensemble. D'où ma présence.

— Ah mais oui. Je suis con. »

Mais oui, Chloé n'était pas comme ça, Marc ne lui avait raconté que des conneries, ce n'était pas elle qu'on entendait dans la vidéo, ni l'auteure de ces messages, elle n'avait rien à voir avec ça, il avait tout monté, sûrement par peur de se faire choper par sa copine. Et il se détendit enfin, ressentant de nouveau cette allégresse et cet élan pour l'existence qu'il ressentait en sa présence.

« Putain, je suis vraiment con.

— Oui bah ça, c'est pas une nouveauté...

— Oh, tais-toi. »

Ils rirent, un peu trop fort. Une fois arrivés dans la salle, ils se prirent des bières dans des gobelets à l'effigie du festival et s'installèrent dans la fosse d'où montait déjà une chaleur brumeuse.

Étienne observa les techniciens mettre en place la scène, accorder les guitares, régler les micros et rêva de nouveau à une vie de pianiste. À chaque concert, c'était pareil, il crevait subitement d'envie de monter sur scène. Il ne savait pas pourquoi il pensait toujours trop dans ces moments-là. La plupart de ses résolutions se faisaient là, entre deux pulsations, ses révélations aussi. C'était là pour lui le meilleur endroit pour faire un point sur sa vie. Mais rien de cela n'avait d'importance. Plus besoin de regretter une destinée gâchée puisque son idéal était là, à ses côtés, à se trémousser en robe cache-cœur, à balancer sa tête de gauche à droite, agitant ses bras au-dessus de sa tête, Chloé était là, elle était sa solution.

Il se sentait si beau dans son regard.

4

Chloé sortit avant Étienne. Il voulait acheter un souvenir. Un t-shirt, un mug, n'importe quoi. Tant que cela lui rappellerait cette soirée. Chloé se disait que ça avait été un magnifique concert lorsqu'elle entendit des cris de douleur venant de l'arrière du bâtiment. Elle avança vers la source du bruit, la main posée sur son portable, prête à appeler la police à tout moment. Les hurlements s'intensifiaient. Les rires aussi. Sans ses lunettes, elle ne voyait qu'une masse se mouvoir dans le noir. Elle s'approcha encore un peu. Et puis, elle comprit. Charlie se faisait tabasser par une bande de mecs bourrés. Balkany semblait à terre lui aussi. Elle ne bougea pas. Recula doucement, avant de se plaquer contre le mur. Resta figée une éternité. Ils finirent par partir, laissant Charlie gémissant sur le pavé. Elle ne réagit pas lorsqu'un groupe accourut pour l'aider à se relever. Ni lorsque Étienne, qui venait de la rejoindre, l'entraîna à l'écart de la foule. Elle semblait bloquée. Incapable de revenir à la réalité. Et soudain,

elle s'agita. Étienne l'observa, impuissant, se mettre à rire aux éclats subitement, puis pleurer pour rire de nouveau. Elle prenait des airs de démente. Étienne essaya de la maîtriser, mais il avait l'impression qu'elle devenait de plus en plus folle, de plus en plus incontrôlable. Quand elle se mit à se gifler avec férocité et à se traiter de conne, Étienne lui en mit une à son tour. Elle s'arrêta net et le dévisagea sans vraiment le voir.

« Laisse-moi. »

Étienne la prit dans ses bras, voulant l'envelopper de tout son être, la protéger de cette nuit qui s'abattait sur elle, mais elle se dégagea violemment. Elle aussi.

« Laisse-moi putain ! J'ai rien fait. Putain j'ai rien fait. Tu comprends ça ? Tu comprends ? Tu comprends ce que ça veut dire ? »

Elle s'immobilisa quelques instants, comme traversée par des présences invisibles, des âmes qui demanderaient un refuge, un endroit où habiter.

« Tu vois pas que c'est la fin de tout ? »

Les larmes aux yeux, elle alluma le dernier joint qui lui restait, celui qu'elle avait gardé pour son instant mémorable, et partit en courant. Sans se retourner.

5

Il pleuvait. Accompagnant son geste d'un cri de victoire, Paco ajouta la dernière pièce du puzzle représentant une cité sous-marine, et se jeta dans les bras de son grand-père pour le remercier une fois de plus de l'avoir aidé dans cette entreprise qu'ils allaient aussitôt détruire. Étienne sortit du four les sablés au citron qu'il venait de faire, se brûla au contact de la plaque de cuisson. Mettant ses doigts sous l'eau tiède, il pensa à Chloé, au fait qu'il n'avait pas eu de nouvelles depuis l'agression de Charlie. Dieu merci, il s'en était sorti.

« Étienne… »

Étienne jeta discrètement un œil à la toile de Charlie accrochée au mur, tableau qu'il n'avait pas encore eu la force de regarder de la journée. Il ne savait pas ce qu'il était censé en faire. Comment réagir, ni même prendre tout cela. Il pensa à Chloé. Chloé qu'il avait laissée seule. Seule, à côté de ces types. Ça aurait pu être elle. Ça aurait vraiment pu.

« Étienne… »

Chloé qui avait posé pour Charlie. Chloé qui lui tenait compagnie la plupart des jeudis après-midi. Chloé qui le considérait comme un génie incompris. Chloé qui lui avait offert Balkany. Chloé qui l'aimait. Chloé qui aurait pu se mettre en tête de le sauver. De risquer sa vie. Non, ça il ne l'aurait pas supporté.

« Étienne !

— Oui, quoi ?

— Papi a pas l'air d'aller bien. »

Étienne n'avait jamais vu Paco dans cet état de pâleur, même le jour où il s'était évanoui après avoir couru le cent mètres sans avoir pris de petit déjeuner, bien trop stressé pour avaler quoi que ce soit. Étienne suivit son regard et découvrit Alain qui se tapait la tête contre le mur à un rythme régulier. Réglé comme une horloge, il semblait compter des secondes interminables d'un temps qui n'appartenait qu'à lui. Étienne se leva. Il s'était préparé à cette éventualité. Il n'avait pas le droit de paraître paniqué.

« J'arrive. J'arrive, Hannah, j'y suis presque. »

Alain se mit à se frapper de plus en plus fort, de plus en plus vite. Étienne demanda calmement à Paco d'appeler les pompiers. Celui-ci se précipita sur le téléphone fixe de la cuisine. Étienne tenta de dégager son grand-père, de l'arracher de sa position, mais Alain se débattait, refusait de s'extraire de son mouvement hypnotique.

« J'y suis presque, Hannah, attends encore un peu. »

Étienne le tira plus fort, essayant de chasser la vision du sang qui s'accumulait sur son front, mais son grand-père semblait ancré dans le sol, un meuble parmi d'autres qui n'accomplissait que ce qu'il était censé faire, sans se détourner de sa mission. Étienne finit par l'attraper par les jambes, les ramena à lui d'un coup sec. Alain tomba. S'écroula comme une masse sur la moquette roussie. Il ne bougeait plus. Paco revint, le téléphone encore dans la main droite.

« Étienne… Papi va mourir ? Étienne, est-ce qu'il va mourir ?

— Non. Non, il va pas mourir. Je te promets. Tu as bien appelé les pompiers ?

— Oui. Ils ont dit qu'ils arrivaient dans sept minutes.

— Bien. Maintenant, préviens maman. Descends au magasin, et reste avec Stephan jusqu'à ce qu'elle vienne te chercher. Tu restes pas tout seul, tu m'entends ?

— Et toi ?

— Je suis pas seul, tu vois bien. Allez, va. »

Une fois Paco disparu, Étienne s'autorisa à partager son angoisse avec le vide. Il s'assit près de son grand-père, n'osant pas le toucher, ni trop l'approcher. Et il se dit que c'était déjà trop tard.

Cela faisait plus d'une heure qu'Étienne attendait seul dans la salle d'attente. Il scrutait le couloir, se demandant dans quelle chambre était son grand-père, s'il était encore sage d'espérer le voir de nouveau. Mais rien n'y faisait, l'espoir lui tordait le ventre, il était comme ça. Soudain, il aperçut une fille arriver en courant, ses boucles blondes se balançant devant ses yeux bleus qui mangeaient son visage couvert de taches de rousseur. Il reconnut là la beauté de sa cousine. Il ne l'avait pas vue depuis des années. Et il se demandait bien pourquoi. Pourquoi tout le monde s'éloignait dans cette famille. Pourquoi il avait coupé les ponts avec tout le monde. Pourquoi il ne l'avait pas juste appelée plus tôt.

« Hey. C'est ta mère qui m'a prévenue. J'avais aucune idée de ce qui se passait. Je savais même pas dans quel état il était. T'aurais dû me dire. Je serais venue plus tôt. »

Sarah s'assit à ses côtés, posa sa tête sur son épaule comme quand ils étaient petits, et ce fut comme si leur éloignement n'avait jamais existé. Elle avait l'air exténué, d'énormes cernes marquaient sa peau, mais elle faisait tout pour ne pas le montrer. Sarah était une battante trop sensible pour ce monde, et c'est pour ça qu'Étienne l'avait toujours admirée.

« Merci d'être là.

— C'est normal. C'est mon grand-père, à moi aussi.

— Tu… Comment tu… Enfin, on a jamais parlé de ta mère. De comment tu le vivais.

— Je survis. Je pense que je m'en sors mieux que ce que j'avais imaginé. J'ai de la chance d'être bien entourée. Et puis, ça commence à remonter maintenant.

— D'ailleurs, tu vis toujours avec ton mec, celui que t'as rencontré à quinze ans ?

— Oui. Toujours. »

Sarah se leva, devinant au loin la présence tant attendue du médecin qui fonçait dans leur direction.

« Je vais rester ici quelque temps, je pense.

— Tu vas loger où ?

— Chez mon pote Stephan, je crois que tu bosses avec lui. Le monde est petit.

— Oui. Ça, tu l'as dit. »

L'homme leur serra la main et les conduisit dans une chambre aux murs bleus où reposait calmement leur grand-père, des tubes plantés dans ses bras squelettiques. Il ressemblait à une vieille pieuvre fatiguée échouée sur une plage de sable blanc. Le médecin leur expliqua qu'il venait juste de revenir à lui, qu'il devait rester encore au moins une semaine en observation, et qu'il vaudrait mieux le suivre continuellement désormais, au vu de son état critique. Cette fois-ci, Alain accepta sans discuter. Peut-être parce que c'était Sarah qui lui avait demandé. Peut-être parce qu'elle lui

faisait peur. Peut-être parce que c'était le portrait de sa fille.

Étienne regardait les rayons de lumière danser sur le plafond et les lignes bleues se mirent à onduler. Allongé sur le dos ainsi, à flotter dans une eau empestant le chlore comme il aimait, il pouvait pendant quelques instants tout oublier. Il ferma les yeux, se laissa bercer par la multitude de cris étouffés, et les rouvrit d'un seul coup, croyant apercevoir Chloé. Il n'avait pas rêvé, elle lui faisait signe de la main, juchée en maillot à rayures sur le plongeoir, à dix mètres de hauteur. Sans qu'il s'en étonne, elle sauta, sans hésitation. D'abord, il fut soulagé de voir qu'elle semblait remise de la dernière nuit. Il se dit qu'il n'en parlerait pas. À quoi bon tenter de rouvrir une plaie si elle n'était même pas encore bien cicatrisée. Mais ce sentiment fut de courte durée. Il fit bientôt place à la peur, mêlée à une impression de vertige. Qu'est-ce qu'elle foutait là.

« Alors ? On est pas bien là ? Tu veux pas sauter toi aussi, je te promets que tu vas pas le regretter.

— Ah bah... Euh, je partais justement...

— Oh... Allez, reste un peu, non. Pour me faire plaisir.

— Non, j'ai froid, je vais rentrer. »

Chloé le dévisagea, un masque d'incrédulité sur le visage.

« Bon. Comme tu voudras. »

Étienne rentra chez lui à toute vitesse, voulant agrandir la distance entre eux, se tenir loin d'elle, de cette folle, cette psychopathe qui le suivait depuis le début. Non. Il la connaissait, merde. C'était Chloé. Elle ne lui ferait jamais ça. Et quand bien même, qu'est-ce que cela changeait ? Le résultat était le même, ils se voyaient, ils étaient ensemble, ils étaient heureux. Que demander de plus ? Et, en s'affalant sur son canapé, Étienne sut qu'il n'y croyait plus. Qu'il ne pouvait passer outre à cette possibilité. Que, malgré lui, cela pourrait tout changer. Et il prit une décision. Une sorte d'ultime test. Demain, il irait à la fête foraine. Ils n'en avaient jamais parlé. Il ne voyait pas comment elle pourrait avoir l'envie d'y aller seule. Ni même de s'y rendre. Oui, c'était cela. Il irait, et il verrait.

Et elle y était.

6

« Étienne ! Ouah, toi ici, quelle surprise. Tu regardes la concurrence je suppose ?

— Chloé, dis-moi la vérité.

— Vaste projet, tu me prends au dépourvu... Je peux avoir quatre heures au moins ?

— Dis-moi la vérité putain. »

Un forain crie dans son haut-parleur qu'on rit, on rit, au palais du rire, des ados aux visages rouges et aux mains moites hurlent en tombant brusquement dans le vide coincés dans leur bulle mécanique, la musique techno est forte, beaucoup trop forte, alors elle n'entend pas. Étienne bouge les lèvres, regarde ailleurs, évite son regard, semble faire un effort surhumain pour sortir des mots de sa bouche, et elle n'entend pas.

« Quoi ? »

Étienne passe la main sur son visage, hausse un peu le ton, devient agressif, comme si l'atmosphère gaiement morbide qui s'échappait de tout ici le contaminait d'un seul coup.

« Est-ce que tu me suis ? »

Des enfants se perdent dans le labyrinthe de verre, se cognent le front sur des murs invisibles, tendent les mains le plus loin possible pour ne pas se vautrer une fois de plus quand bien même ils sont venus pour ça, après tout. Ils parlent fort pour ne pas montrer qu'ils sont terrorisés, là, dans ce palais de miroirs intérieur, que quelque chose de froid remue tout au fond d'eux, que tout ça les dépasse. Ils sont seuls dans cette épreuve, et pourtant, ils ne le sont pas. Chloé, elle, bafouille. Il n'y a personne pour faire semblant de ne pas avoir peur avec elle. Personne à part celui qui la provoque.

« Étienne… Qu'est-ce que tu racontes… C'est complètement idiot enfin.

— Alors, comment ça se fait qu'on se croise autant ? Qu'est-ce que tu fous toujours là ? »

Les bras mécaniques de la sauterelle se mettent en marche, emportent une nuée de passagers, les font tournoyer, tournoyer, tournoyer jusqu'à s'oublier, tournoyer jusqu'à vomir, tournoyer jusqu'à donner pendant quelques secondes un sens et une place à leur vie. Chloé, elle, voit cette place subitement la rejeter. Le creux dans le matelas qui tapisse son monde vient de se reboucher. Comme si elle n'y avait jamais dormi.

« Mais, Étienne… C'est le premier jour de la fête foraine. Il se passe pas grand-chose dans le coin. Bien sûr que je suis là.

— Arrête, arrête de mentir. Tu me suis, depuis le premier jour tu me suis, tout le temps, je sais pas comment tu fais, mais tu me pistes. »

Chloé secoue la tête, ignore le sdf qui lui demande un euro et un sourire, qui ressemble bien trop à Charlie pour qu'elle n'en soit pas troublée, elle nie tout, non, non, ce n'est pas vrai, tu te trompes. Arrête ça. Pourquoi tu me dis tout ça. Qu'est-ce qui te prend ? Pas toi. De nouveau, elle n'entend pas ce qu'Étienne lui assène. Elle ne veut pas l'entendre.

« Quoi ? Qu'est-ce que t'as dit ?

— J'ai dit arrête de me prendre pour Marc. »

Un gamin en polo Lacoste vient de pêcher ses dix canards et n'arrive pas à se décider sur son lot, hésite entre un poisson rouge enfermé dans un minuscule sac en plastique, un ballon Spider-Man relié à une raquette par un élastique et une poupée en robe de mariée au regard exorbité. Comme dépassée par les événements. Chloé regarde un couple s'embrasser devant la grande roue, et elle se met à pleurer. Ses larmes viennent fissurer l'armure qu'Étienne a mis des heures à consolider.

« C'est… C'est faux… Je t'ai jamais pris pour… j'ai jamais voulu revivre notre histoire à travers toi… Étienne, je t'apprécie vraiment tu sais…

— Au point de me suivre comme ça ?

— Mais je te suis pas… Je te promets que je te suis pas…

— Parce que Marc, tu le suivais pas lui ?

— Si, mais ça n'a rien à voir…

— T'en as été capable. Tu peux avoir recommencé. Ce genre de pulsions, ça part jamais. »

Un corbeau crée un vent de panique en entrant dans le stand de confiseries, touchant de ses ailes chichis, glaces, pommes d'amour, granités et sucettes roses et jaunes. Chloé avait oublié qu'elle tenait une barbe à papa à la main et qu'elle n'y avait toujours pas touché.

« Je comprends pas. Je comprends pas ce qui a changé. On était bien. Pourquoi tu ne crois plus en moi ? Pourquoi tu t'émerveilles plus de ce qui nous réunit ? Pourquoi tu laisses tout simplement pas couler ? Pourquoi tout doit-il devenir compliqué ?

— Oui. Moi non plus je comprends pas. »

Un groupe de leur âge sort des wagons zombis du train fantôme, tous rient, se prennent dans les bras, s'exclament hilares t'as vu ta tête, avoue t'as flippé, n'importe quoi, c'est pas moi qui ai crié comme un malade, et si tu crois que j'ai pas vu votre manège à vous deux à vous blottir l'un contre l'autre, quoi n'importe quoi je suis pas pédé moi. Chloé les déteste et pourtant elle les envie.

« Ça serait plus simple si tu m'avouais. On pourrait s'en sortir. On trouverait une solution.

— Étienne… Je t'en supplie… Crois au hasard. Et si tu ne peux pas, pense à ce qu'on va perdre si tu continues…

— J'aimerais. J'aimerais vraiment. »

Une fillette à la tresse interminable s'élance dans les airs aussi haut que ses petites jambes le lui permettent, serre le lama en peluche géant qu'elle vient de gagner à la machine à pince, remercie Dieu sait qui à voix haute dans l'après-midi naissant. Étienne, lui, n'y fait pas attention, ne regarde que Chloé, comme s'il était persuadé que c'était la dernière fois qu'ils se voyaient.

« Mais j'y peux rien. Quelque chose a changé. Tu n'es plus la même à mes yeux. C'est tout. »

Étienne recule doucement, les mains dans les poches, percute un jeune en survêt qui l'insulte, ne la quitte pas des yeux.

« Je suis désolé. »

Chloé ne veut pas contempler sa silhouette lentement s'éloigner, ne supporte pas l'idée que ce soit la dernière image qu'elle aura de lui. Alors, elle préfère foncer sur la première montagne russe qu'elle aperçoit. Elle s'installe dans le Ride of Death. Se force à sourire au mec aux cheveux longs qui s'assoit à ses côtés. Et espère qu'elle ne s'est pas trop bien attachée.

7

« Alors, il paraît que ta plainte a même pas été enregistrée ? Bien fait, ça t'apprendra à raconter n'importe quoi. »

Chloé dévisagea Nina sans répondre. Elle qui n'avait fait que penser à elle, à se demander comment elle avait perçu ses lettres, si elles allaient se parler un jour, elle s'en foutait désormais. Plus rien ne l'atteignait. Alors, quand Benjamin Martel, qui avait assisté à la scène, gifla Nina de toutes ses forces devant une foule d'étudiants portables à la main, elle ne réalisa pas ce qui se passait, vivait loin, très loin de cette réalité flottante où rien finalement n'existait. Elle n'écouta même pas les paroles de Benjamin. Il lui dit, tu vois je m'étais trompé. La rage de vivre, elle n'est jamais partie. Mais cela ne lui fit rien.

À la suite de cet incident, Benjamin Martel fut viré, du jour au lendemain. Comme on soupçonnait une liaison entre eux deux, Chloé fut priée d'allée voir ailleurs, elle aussi. Ses

parents en furent presque soulagés. Apaisés même. Comme s'ils avaient enfin la réponse à la question qui les torturait depuis une éternité. Assise en boule dans son canapé, Chloé ouvrit son carnet et écrivit d'une traite tout ce qui la submergeait, sans chercher à comprendre ce que tout cela signifiait.

Ne pas songer à la nuit qui nous retient
Ne penser qu'à tes rires
Et ces vestiges
Qui nous déchirent
Cela fait longtemps que je ne peux plus

Et nos serpents morts de laine
Ne nous attacheront plus à cette vie
Plus rien pour nous faire rêver d'éternité
Sinon ce voile au loin

Toujours plus ténébreux
Plus vaporeux
Une fébrilité tout empêtrée
Tout entortillée
Qui me laisse cet arrière-goût
De routes goudronnées, de pétales fanés
Où flotte l'odeur de tes chemises en été

Longtemps, tu sais, longtemps je l'ai pris
pour une délivrance
Un dernier rempart contre l'obscurité

Mon ancre
Mon ange
Je me trompais
Si lourdement

Elle me brise, cette brume
Elle me noie dans un ciel noir d'encre
Où tout se consume
Où tout n'est qu'écume
Et perles de rosée où se reflète le visage fatigué
D'une vie à moitié vécue

Ma tendre
Ma cendre
Tu sais bien qu'elle seule peut me repêcher

Car si vertigineuse que soit cette immensité
Si illusoire que soit cette nuée avec ses airs
De papier de verre
Et de vitres embuées
Cet horizon fait de mes soleils tremblants
Des éclats d'émerveillement
Qui s'écoulent tendrement
Paisiblement
Rageusement

Et ce jusqu'à l'épuisement

Chloé arracha la page d'un coup sec, déchira un peu les bords au passage et la colla sur la fenêtre du salon avec du masking tape blanc à pois verts qu'elle avait eu pour ses cinq ans et qu'elle n'avait jamais utilisé. Elle descendit mécaniquement les escaliers et une fois en bas, tomba sur Étienne qui l'attendait, un livre à la main pour patienter. Il lui annonça qu'il voulait lui parler. Qu'ils seraient mieux dans son salon. Alors, elle le suivit jusqu'à chez lui.

8

« Chloé… Je suis désolé pour la semaine dernière. Je me suis emporté. J'ai même pas voulu t'écouter. J'ai été dégueulasse avec toi. Pardonne-moi. Pourtant… pourtant tout était vrai. Le fait est que je te vois différemment maintenant. Je ne me sens plus pareil à tes côtés. Je ne me sens plus en confiance, plus en sécurité, je ne peux plus m'en empêcher. Je ne veux pas continuer comme ça. Je ne veux pas qu'on se déchire. Je veux garder le meilleur de nous deux. Crois-moi, je n'en ai aucune envie, mais il le faut. J'y ai beaucoup réfléchi, et je sais qu'on doit cesser de se voir. Mais je veux juste que… Je voulais que tu saches que tout va me manquer. Absolument tout.

— Oui.

Chloé alluma une clope, remarqua à quel point il ne restait plus rien d'elle à cet instant précis.

« Oui, moi aussi. »

Chloé ouvrit la fenêtre, regarda une dernière fois derrière elle et sauta dans le vide.

Remerciements

Bon. C'est le moment. Comme j'ai la phobie des classements, je vais procéder par ordre chronologique.

Merci à Christine Tomasin. Je ne savais pas que je voulais consacrer ma vie à l'écriture avant vous.

Merci à Alix, pour avoir pris le temps de lire mon précédent texte et de m'avoir prise au sérieux. Tes conseils m'ont été précieux.

Merci à Olivia de m'accompagner dans cette aventure avec tant de fantaisie, d'énergie et d'enthousiasme.

Merci à Sophie de Closets pour avoir cru en ce texte, et à Stéphanie Pollack pour son regard aiguisé. Et merci pour les blagues aussi.

Merci à mes amis (les anciennes de Dorgelès, les fous et les théâtreux de Racine, et la grande famille de la TL3). Vous m'avez soutenue de la plus belle des manières. Votre présence au quotidien m'a donné plus de force que vous ne le croyez.

Merci enfin à Marvin Jouno. Vous ne me connaissez pas, mais moi si. J'écoute vos disques

en boucle, je vous ai vu en concert. Ce n'était peut-être pas une raison pour vous emprunter le titre de ce livre. Mais j'espère que vous ne m'en voudrez pas.

Cet ouvrage a été imprimé en France par
CPI Brodard & Taupin
Avenue Rhin et Danube
72200 La Flèche (France)

pour le compte des Éditions Fayard
en juin 2020

Photocomposition Belle Page

PAPIER À BASE DE FIBRES CERTIFIÉES

Fayard s'engage pour l'environnement en réduisant l'empreinte carbone de ses livres. Celle de cet exemplaire est de :
1,150 kg éq. CO_2
Rendez-vous sur www.fayard-durable.fr

Dépôt légal : juin 2020
N° d'édition : 63-3108-4/01 - N° d'impression : 3039118